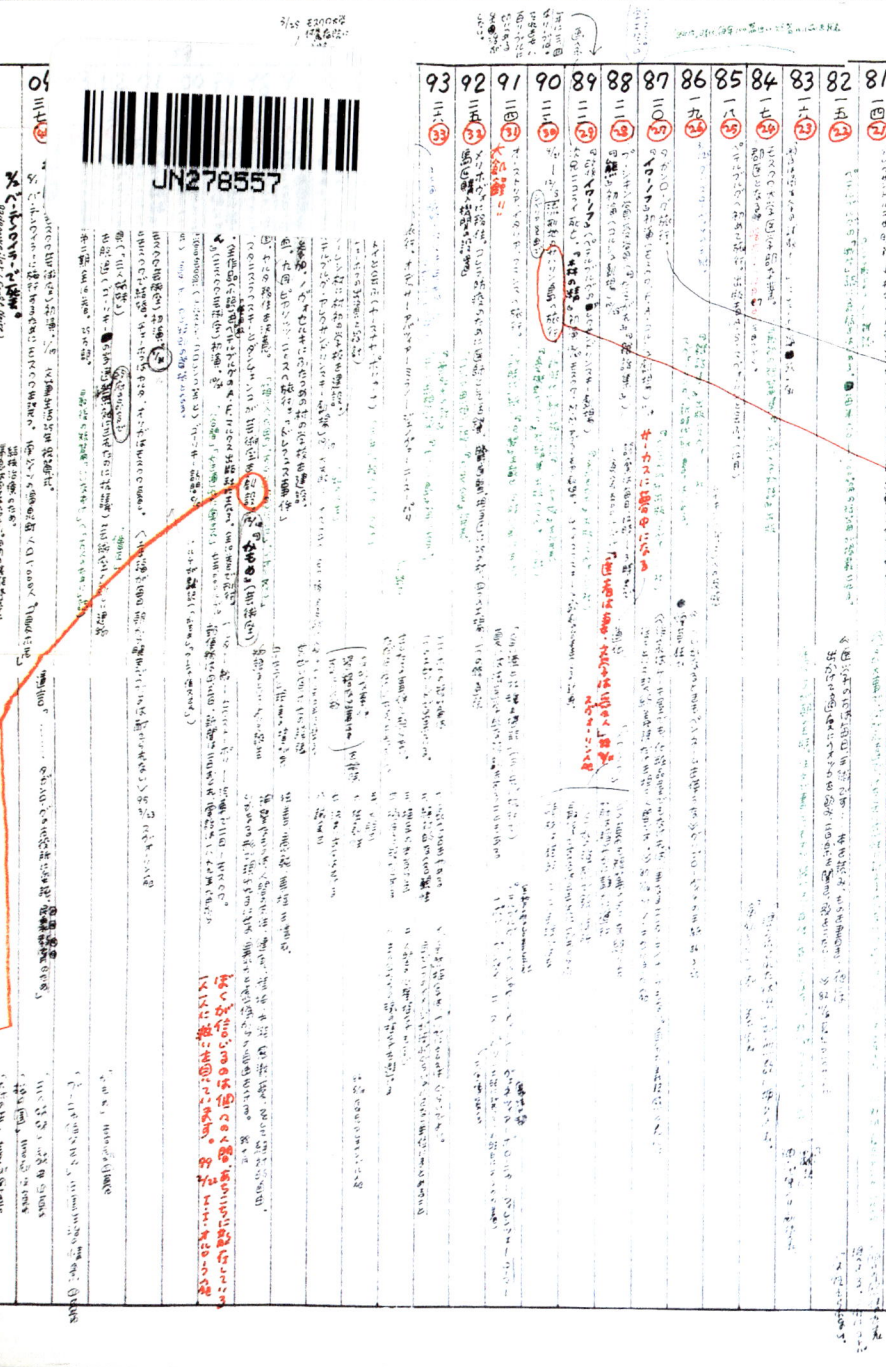

93 三三 (33)

旅行。オデッサーアバツィアーミラノ・ジェノヴァ・ニース・パリ

92 三五 (32)

メリホヴォに移住。コレラ防疫のために医師として奔走。

馬医購入、樹間の記述

91 三四 (31)

大飢饉!!

オーストリア・イタリア・フランスへ旅行。

90 三三 (30)

4/21 — 12/8 流刑地のサハリン島へ旅行

89 二九 (29)

兄ニコライ死亡。『森の精』初演

『イワーノフ』(ペテルブルグ)

88 二八 (28)

『熊』初演

プーシキン賞受賞

87 三〇 (27)

『イワーノフ』初演

タガンローグ旅行。

サーカスに夢中になる

「医者は妻、文学は愛人」

86 (26)

85 (25)

84 (24)

モスクワ大学医学部卒業。

ペテルブルグへ初めて旅行

83 (23)

82 (22)

81 (21)

すべては医学よりの本性から創り出す作品になっていく

ぼくが信じるのは個々の人間、あちこちに散在している人々に救いを見ています。

オルガ・クニッペル

かもめ

創設

ヤルタ移住を決意。

スタニスラフスキーとダンチェンコが芸術座を創設

全作品(小説)をペテルブルグのA.F.マルクス出版社に売る。

『かもめ』(芸術座)初演

『ワーニャ伯父さん』(芸術座)初演

参加。ノヴォセルキに村のための学校を建設。

モスクワ芸術座で結婚。

第二期全集着。

04 三七 (44)

ペーデンワイラーで死去。

Badenweiler (Forêt Noire)

『桜の園』(モスクワ芸術座)初演。

結核治療のため。

ロマンス

井上ひさし

集英社

ロマンス　目次

第一幕

第二幕

【装丁・装画】
和田誠

【舞台写真】
谷古宇正彦

【幕扉写真提供】
株式会社コービスジャパン

【前、後の見返し】
生年（1860）から没年（1904）までの
著者手書きのチェーホフ年譜
［撮影＝中野義樹］

ロマンス

第一幕

一　チェーホフの噂

微笑しているチェーホフの肖像写真のところへ、オリガとマリヤを演じる女優が登場して序詞を歌い、リフレンで男優四人が登場、六人で歌う。

（マリヤ役の女優）
あなたが去って
時がたった
けれども四つの芝居は
いまも大流行（おおはやり）

（オリガ役の女優）
あなたが去って

噂がのこった
いいのもあれば
いやなのもある

（六人で、リフレン）
そう、胸を病み血を吐いたチェーホフ
主義もない夢もないチェーホフ
お高くとまったニヒルなやつさ
おセンチな弱虫
いろんな噂
そう、妹に頼り切るチェーホフ
そう、女優さんにもてもてのチェーホフ
けれど一つ　たしかなことは
そう、ボードビルが好きだったこと
そう、ボードビルを書きつづけた先生
なにもかも笑いのめす先生

かもめもワーニャも三人姉妹も
桜の園まで
すべてがボードビル
そう、いちにちに五回も下痢　先生
そう、それなのに笑っている　先生
だから一つ　たしかなことは
そう、ボードビルが好きだったこと

粘って繰り返す。

だから一つ　たしかなことは
そう、ボードビルが好きだったこと

二　冬の夜

吹き荒れる吹雪に交じって港からの霧笛。その上に二枚の字幕。あるいは、俳優が手分けして読み上げる。

①「アントン・チェーホフは、南ロシアの港町の、小さな食料雑貨店の三男坊である。町外れにあるせいか、店はまったくはやらない。そこで父は、夜の十一時まで酒場を開くことにした。」

②「アントンが中学七年生のある吹雪の夜、お客の代わりに入ってきたのは、ナイフをかざした押し込み強盗だった。」

黒マント、黒の鍔広(つばひろ)帽の男（元神学生）にナイフを突きつけられてバンザイをしている前掛け姿の父が、ランプの灯りの中に浮かび上がる。

男　金か命か、どっちか出せ。

父　突然いわれても……あんまり突然で、どっちを出していいかわかりません。

男　生まれてから死ぬまで人生は「突然」で成り立っているんだ。おとなしく金を出せ。

父　……おや、震えていますね。

男　吹雪に吹かれてからだの芯まで凍っている。

父　それならウオッカですよ！

　　父はウオッカの罎（びん）や小グラスや銭函（ぜにばこ）が置いてある卓まで後退りしながら、

父　うちのはおいしいですよ。最初の一杯でからだ中がポカポカになり、次の一杯で突然、お金のことなんかどうでもよくなります。

男　……罎を置け！

父　歯向かったりはいたしません。神様からいただいた命を粗末にしてはバチがあたりますからな。（ぶら下がっていたソーセージを一本、もぎ取って）ナイフで削（そ）いで召し上がれ。えーと（見回して）ナイフはどこだっけな。

男　自前のを使うから探さなくていい。うろちょろせずにそこへ坐っていろ。銭函をこっちへ！

男、ナイフで脅して父を椅子に坐らせ、銭函を引き寄せて、油断なく見張りながら一気にコップを干す。……吹雪の中から教会の鐘の音。

父　……（十字を切って）あの教会ですが、じつはわたしが聖歌隊の隊長を務めているんですよ。きびしく鍛えて、南ロシアでいちばんの聖歌隊に育てあげました。わたしはそれくらい教会の仕事に熱心なんです。

男　それがどうした。

父　その信心深い信者が、どうして夜になると、不信心な酔っ払いの相手をしているか、それが判っていただけたらなあ。

男　個人的な事情はいい。聞けばナイフの切れ味がにぶる。

父　生活が苦しいんです！

男　このせつは、だれだって苦しいさ。

父　とりわけこのわたしの生活は苦しい！　お茶に砂糖にソーセージ、タバコにローソクに釘に下剤、どれもこれもいい品物をそろえているのに、さっぱり客がこない。新開地の外れだというので、みんな怠けているんですよ。

男　場所を考えずに店を出したあんたが悪い。

父　それをいわれると辛い。……でも、酒の肴と思って聞いてください。店を出すときに銀行から金を借りました。その銭函の半分は、銀行への返済にあてるつもりでした。残った半分の使い道は、まずモスクワの大学で勉強している長男、次男への仕送り。二人とも奨学金をいただいていますので学費はいりませんが、それでもお小遣いぐらいは送ってやりませんとねえ。ここから歩いて百歩のわが家には四人の子どもがいて、いまが食べ盛り、その食費がばかになりません。それから仕入れの元手……、

男　このソーセージはいけるね。

父　ありがとうございます。……以上いろいろ差し引いて、たしか三ルーブリはのこる勘定です。その三ルーブリだけはお返しいただけませんか。教会への献金だけは欠かしたくありません。

男　ふん、教会への献金か。

父　献金は信者の務めですよ！　この世とあの世はずーっと地続きで、その境目に立っているのが教会なんです。人はだれでも、その境目に立っている教会の門をくぐってあの世へ旅立ちます。では、その門の広い狭いはなんで決まるか。この世で行なった献金の多い少ないで決まるんですよ。

男　神学はよせ、哲学はごめんだよ。酒がまずくなる。

父　大司教様がお説教のたびにそうおっしゃっておいでです。ですから、この世でうんと稼いでうんと献金をして、いよいよそのときがきたら、境目の門をするりと抜けてあの世へしあわせな旅がしたい。雑貨店と酒場をかけ持ちしてはたらいているのも教会に少しでも多く献金したいからで……（膝をついて）どうか三ルーブリを！

男　この世とあの世は切れてるよ。

父　……？

男　境目なんてないんだよ。

父　……そんなばかな。

男　あの世もないね。

父　（恐る恐る）罰当たりめ！

男　神学校で新しい科学の本を山のように読んだ、むろんこっそりとだ。新しい文学も読みふけった。そして、突然、世界の真理を悟ったのさ。

父　……するとあなたは神学生で？

男　いまはちがう。いまは……神もあの世も嘘っぱちだと知って、船賃をためて新大陸かどこか遠くで、文学の勉強でもはじめようとしている一人の若者というところだな。

父　神様が嘘っぱちだなんて、いまに口が腐るぞ！

男　怒（おこ）ったか。それなら、近ごろの科学の進歩や新しい文学に怒れ。

父　神様がいなければ、人間はやりたい放題をしてしまうじゃないか。

男　新聞で読まなかったのか、ペテルブルグの金貸し婆さん殺害事件を。金貸し婆さんがためた金は死金（しにがね）、しかし自分が使えば生金（いきがね）、そう考えた若者が婆さんを殺（や）ったんだ。やつも神様がいない以上、人間はなにをしても許されているとおもったのさ。さあ、これで船賃ができたぞ。

父　（男に取りすがって）行かないでくれ！　いや、あんたは行ってもいい、金だけは返してくれ！

男　逃がしてくれよ。

父　逃がすもんか！

男　この国のじめじめした息苦しい空気の外へ逃がしてくれといってるんだ。腐り切った役人で、身勝手な政治家で、金をまきあげるのに熱心な宗教家で、なにごとにも無関心で無気力な人たちで、ロシアの空気は汚（よご）れている。それが判らないのか。

父　哲学はごめんだ、金を返せ！

男　汚れた空気の外へ出たいんだよ。

父　金を返してから出て行け！

署長　突然だが、アントンくんのお父さんはおいでかな。

金モールも華やかな制服外套の警察署長が入ってくる。
そのあとから、制帽とマントのヒゲの警官a、ヒゲの警官bがついてくる。
aはマントを巻きつけた老人（チェーホフ少年）を引き立てて入口近くに立ち、bは入口とは反対側へつかつかと歩いて行き、裏口を固める。

署長　わしはタガンローグ山の手地区警察の署長だがね。

父　これはようこそ！　願ってもないところへきてくださいました。じつはですな……、

男、とっさの間に、父を卓へ引き据えて坐らせ、自分も隣に腰をおろすと、父の横腹にナイフを突きつけて客を装い、

男　（父に）もう一杯！

署長　おお、わしも一杯よばれよう。からだが冷えてならんのだ。

署長も卓に坐る。

父　どうぞどうぞ。（署長にも注ぎながら）みなさんもいかがですか。わたしのおごりですよ。

aとb、一瞬、心を動かすが、手を立てて断る。

父　感心なおまわりさんたちだ。いい部下をお持ちですな。……それでアントンですが、毎年のように校長先生からご褒美にノートをいただいています。成績優秀なんですよ。

署長　表はそうでも、裏はどうかな。もう一杯よばれよう。

父　おことばですが、うちのアントンは裏も表もない孝行息子です。今夜もこの吹雪の中をお得意様へタバコとローソクを配達に行ってくれているくらいですからね。（署長に注ぎながら）じつはいまここで重大事件が起こっている最中で（ナイフで突かれて）イタタタタです。

署長　（コップを干して）わしもいたたまれなくなった、なにしろこの山の手一帯に連続八件もの強盗事件が発生しているんだからね。

父　……八件？

署長　それも、この数日のうちにだよ。

父　九件目がおきているかもしれません！

署長　かもしれん。そこでわしは非常警戒線の先頭に立って犯人捜査にあたることにした。

父　案外近くにいるかもしれませんよ！

署長　わしもそうおもって、この近くのゲーテ座に張り込むことにした。

父　あのボードビル小屋の？

署長　犯罪者というものは、とかくああいういかがわしいところを好むからな。それに小屋の中は暖かくてよろしい。ハハハ……

　aとb、無声の大笑い。

署長　ところが、近くの席でみていた老人の笑い声が、少年のように若いんだ。ぴんときて捕まえた。
父　そいつは犯人じゃありませんね。
署長　そう、おたくの三男坊だった。
父　……はい？
署長　きみの息子が老人に変装しておった。

警官a、老人のマントとかつらを剝ぐ。少年チェーホフが現われる。

父　……アントーシャ、いったい、これは、どういうわけだ？

父、思わず立って駆け寄る。男も署長や警官たちにナイフが見えないように父に体を寄せて、ついて行く。

チェーホフ　パリからおもしろいボードビル一座が来てるんだ。でも、大人しか入れない。中学生はつまみ出されてしまう。だから変装するしかなかったんです。
父　木戸銭はどうしたんだ？　まさかお得意様からいただいた代金をおまえ……、

チェーホフ　吹雪の中をごくろうさんといって、お駄賃を三十コペイカもくださった。ボードビルの入場料もちょうど三十コペイカなんだよ。

父　ボードビルはいかん！　自分の金をどう使おうが構わんが、あんなものに注ぎこんじゃいかん。あんなもの、ただただバカバカしいだけの唄入りのドタバタ芝居じゃないか。アントーシャ、せっかくのお駄賃を、おまえはドブに捨てたな。

チェーホフ　（答えずに、ポケットからお札や硬貨を取り出しながら）タバコ二缶（ふたかん）とローソク十束（たば）の代金だよ。……はい、二ルーブリと五十コペイカ。

父　ごくろうさん。しかしボードビルはいかんぞ、ボードビルは。

父が受け取ろうとしたとき、男が手を伸ばして取る。父、「そりゃあんまりだ」と男を睨（にら）むのと並行して、警官b、つかつかと署長のもとへきて伝票を渡し、つかつかと元の位置へ戻る。

署長　罰金は十ルーブリ。

父　……はい？

署長　（父に伝票を渡して）罰金支払い命令書。明日中に収めなさい。

父　……どういうことなんでしょうか。

署長　皇帝陛下の勅令により、未成年者のボードビル見物は禁じられている。わしはこの事件を、保護者が、つまりきみが、親としての監督責任を果たしていなかったために起きたものとみた。また、きみの孝行息子は中学校から校長先生のマントとかつらを持ち出して変装していた。これまた保護者の監督不行届きとみるべきだ。……軽い罰金ですんでよかったとおもいなさい。もう一杯よばれよう。

父　（署長に注ぎながら）商売はさっぱりで、お客といえばたちの悪いのばっかりだ。銀行は狂ったように取り立ててくるし、息子はボードビルに狂ってしまった。（自分にも注いで）いっそ蠅にでもなりたい気分ですわ。（ガッとあおって）蠅の世界にはお金も強盗もボードビルもないでしょうからな。

父、また一杯。

署長　（チェーホフに）お父さんが苦しんでおられる。少しは判ってあげなきゃいかんよ。

チェーホフ　……はい。

署長　きみたち青少年はつとめて名作の舞台に接するべきだな。いま、市立劇場にかかっているゴーゴリの『検察官』、警察をからかっている場面で目と耳をふさいでいれば、じつにおもしろい。どうせならああいう名作を観るべきだね。

チェーホフ　もう観ました。でも、さっき観たボードビルの方がおもしろかった。
署長　きみには文学的常識というものがないのか！　プーシキンを知ってるか。
チェーホフ　ロシアに新しい文学をつくりました。
署長　ゴーゴリは？
チェーホフ　ロシア文学の質をさらに高めました。
署長　そう！　『検察官』は、プーシキンが思いついて、ゴーゴリがまとめた名作戯曲、つまり二人の偉大な文学者による美しい結晶なのだ。したがって、きみのいまの発言は「ロシア文学侮辱罪」にあたる。

　それまで署長の発言に一々うなづいていたaとb、首を傾げる。

署長　保護者に罰金五ルーブリ！

父　（やけになって）もう好きにしてください。
男　警察も汚れている。
署長　……なに？
男　どこもかしこも汚れた空気でいっぱいだ。
署長　さっきからどうも陰気なやつだとおもっていたが……なにものだ？
父　ですから、さっきから怪しい人だといってるわけですよ。
男　（署長に鋭く）『検察官』が書かれたのは西暦何年か。
署長　（目を白黒）……！
チェーホフ　（横から）四十年前の、一八三五年です。
男　（署長に）そのときプーシキンはなにをしていたか。
チェーホフ　（横から）皇帝陛下の侍従官でした。
男　（署長に）そのときのゴーゴリは？
チェーホフ　（横から）ペテルブルグ大学の助教授でした。
男　大学の近くに小さなボードビル劇場があって、二人はそこの常連さんだった。あるとき、パリからやってきたボードビル一座が、『検察官にまちがえられた男』という唄入りのドタバタ芝居を上演した。

aとb、「?」となって、それぞれ似顔絵つきの手配書を取り出して、男と見比べはじめる。そして「……!」。

男　二人の文学者は、大いに笑い、大いに感心して、同じ筋立てでロシア版を書こうと約束しあった。こうしてゴーゴリは『検察官』を書き……プーシキンは決闘で命を落として書くことができなかった。(チェーホフに)これが文学史の事実なんだよ。このおじさん(署長)のいってることはインチキさ。

右の間、aとbが署長に寄ってきて、手配書を示し、父もそれを覗き込む。

チェーホフ　すると、ロシア文学をつくったのは、ボードビルだったんだ。

男　たくさんの人たちが毎日の生活のなかで大切にしているもの、ボードビルもその一つだけど、そういうものをもとにして、ほんとうの文学ができるんだよ。そうじゃないものはみんなニセモノさ。

チェーホフ　(顔を輝かせて)ぼくは……!

男　なんだい?

チェーホフ　一生に一本でいい、うんとおもしろいボードビルが書きたいんです。

男　うん、励みたまえ。そして書きたまえ。そうだ、きみにお金を上げようか。

チェーホフ　……お金？

男　（大きくうなづいて）ボードビル奨学金さ。

署長、a、b、そして父、男を包囲している。……男、いきなり銭函の中味を四人にぶちまけて、

男　これが奨学金だよ！

男は風のように飛び出して行く。

「追え！　追え！」と命令しながら、金を拾っている署長。「待て！　待て！」と叫びながら金を拾っているaとb。「ありがたい、ありがたい」とうれしがって金を拾う父。チェーホフ少年も硬貨の一つくらい拾って、それから、その場の様子を眺めて、

チェーホフ　……なんだか、ボードビルの舞台を観ているみたいだな。

三　モスクワへ

ピアノの前奏（八小節）の上に、二枚の字幕。あるいは読み上げ。

①「ほどなく、父は破産。店は人手に渡った。一家はアントンを借金の人質（かた）に置いて、モスクワへ夜逃げした。」

②「残されたアントンは、家庭教師を何口（なんくち）も掛け持ちして自分を養った。淋しくなると、チャイコフスキーのいくつかのロマンス歌曲を歌って、自分をはげました。」

少年チェーホフ、粗末な机に向かって、鉛筆で手紙を書きながら「ロマンス」を歌う。

おなつかしき
父上さま

ぼくはいまも
　生きています

　　　ピアノの間奏、四小節。その上に台詞。

「ぼくの願いは、うんと勉強して、奨学金で、モスクワ大学医学部へ進むことです。」

モスクワへは
　モスクワへは
どんなことがあっても
　まいります

おなつかしき
　母上さま
膝のリューマチ
　いかがですか

妹にも
会いたいな

思いあふれて歌ううち、鉛筆を落としてしまう。青年チェーホフが現われて拾い上げ、二人で歌う。

むかしのように
みんなで
笑い合って
暮らしたい、です

二人のチェーホフ、視線を交わらせて頰笑みあったあと、少年チェーホフは消え、青年チェーホフが机の前に坐って、「四　卒業試験」が始まる。

四　卒業試験

青年チェーホフに、オストロウーモフ助教授が質問を浴びせている。少し離れたところで、試験監督官のナザリエフ主任教授が居眠りしている。二人ともガウンを羽織っている。

字幕のあいだ、声は聞こえない。

①「あこがれのモスクワ大学医学部に進むことはできたが、家族はやはり飢えていた。そこでアントンは、雑誌や新聞に爆笑雑文や滑稽小品を送った。」

②「『チェホンテ』『患者なき医師』『わが兄の弟』など、さまざまなペンネームで書きつづけて家族の生活を支えるうちに、舞台の月日は経つのが早い、今日はもう卒業試験の当日である。」

チェーホフ　（第四百九十七問に答えている）……左右二つの肺を通る空気は、ふつうの男性で日に平均一万リットルであります。これをウオッカの壜に詰めると二万本近くになります。

助教授　（手元の紙を見てから）第四百九十八問。肺の構造について述べよ。

チェーホフ　ヒトが吸い込んだ空気は、気管、気管支、さらに細い気管支を通過して最後に、肺細胞……肺胞に達します。以上が肺の構造であります。

助教授　第四百九十九問。その肺胞について述べよ。

チェーホフ　肺胞は、薄い膜に囲まれた直径〇・三ミリの小さな小さな空間で、左右の肺に合わせて五億個あります。その五億個の表面積は七十平方メートルであります。

助教授　患者さんにもわかるよう具体的に。

チェーホフ　いま上流階級で流行しているローンテニスにたとえれば、そのテニスコートの半分の広さに匹敵します。ヒトは、この肺胞によって空気中の酸素を吸収し、体内の炭酸ガスをからだの外へ出すのであります。

助教授　第五百問、最後の問題だよ。ヒトに有害な細菌で、この肺胞をとくに好むものがあるが、それはなんという細菌か。

チェーホフ　結核菌です。結核菌は空気が大好きですから、空気の豊富な肺胞に住み着くのであります。二年前の一八八二年、ベルリン国立衛生院のロベルト・コッホが、この結核

菌を発見しました。ギリシャローマの昔から、肺結核は先祖からの遺伝によっておこると信じられてきましたが、コッホによってはじめて、空気を乗り物にする伝染病と判明したのであります。なお、結核菌によって喰い荒らされた肺胞の毛細血管から血液が吹き出すとき、われわれはそれを喀血（かっけつ）といっております。ところで、先生は……、

助教授　……？

チェーホフ　オストロウーモフ先生は、そのコッホ先生のもとで肺結核の研究をなさっていました。ですから先生は、いまのロシアで最高の、肺結核の権威です。

助教授　余計なことはいわなくてよろしい。（教授に）ナザリエフ先生、チェーホフくんは五百問すべてに正解を出しました。……主任教授どの！

教授　……うん？
助教授　全問正解、これは快挙です。
教授　（大きくうなづいて）いまこの瞬間、ロシア医学界に、若きドクトルがまた一人誕生したわけだな。めでたい、めでたい。

教授はチェーホフに、リボンつきの打診棒を授ける。

教授　モスクワ大学医学部から名誉の打診棒を授与する。ここのところ（柄の部分）に、ロシア語で《モスクワ大学医学部卒業生に誤診なし》と彫ってあるが、この言葉に恥じないりっぱなドクトルになりなさい。
チェーホフ　ありがとうございます。

助教授も拍手で讃えている。

教授　病人は、苦しみをこまごまと語ることによって、その苦しみを鎮めようとするものだ。そこで、診察の第一歩は、患者の話によーく耳を傾けることから始まる。
助教授　（口添えして）いい質問をして、患者さんにたくさんしゃべってもらいなさい。

チェーホフ　はい。問診を第一にいたします。

教授　患者の訴え話を聞くうちに、どんな病気か、おおよその見当がついてくる。

チェーホフ　はい。

教授　見当がついたら、そのあたりをこの打診用の棒で叩いてみる。「おーい、病気くーん。おーい、わたしの飯のタネくーん。きみはこのへんにいるんじゃないかな。きみがどこに隠れていようと、この魔法の杖がきみの潜伏先を探し当ててしまうんだよ。もうかくれんぼの時間は終わったよ」……。心の中でゆっくりこう唱えながら、見当をつけたあたりをやさしく叩いて、その音を聴くんだ。いや、いまよりもっとゆっくり唱えてもいいかもしれないな。

助教授　(おそるおそる注意する)……先生。

教授　患者というものは、われわれ医師に長いこと診てもらうのが好きなんだよ。

助教授　……それはそうですが。

教授　忘れてならないのは、この《モスクワ大学医学部卒業生に誤診なし》という彫り文字が患者によく見えるように持つことだ。「ああ、ありがたいお医者さんに診てもらっているんだな」と患者に思い込ませること。そのありがたい気持が患者には、いい薬になるんだからね。

チェーホフ　……はあ。

教授　世間をありがたがらせるには、外見が大事だよ。第一に、つねにシルクハットをかぶって自分に権威を与えること、第二に、たくさんたべて太鼓腹になり自分に威厳を与えること、第三に痔持ちになること……

チェーホフ　……痔持ち、ですか。

助教授　冗談をおっしゃっているんだよ。

教授　いやいや、痔になると自然に憂い顔になるのだ。それがドクトルに落ち着いた外見を与える。権威と威厳と落ち着き……この三つが、患者のこころの中に、ありがたい気持や安心感を育てる。そうだ、オストロウーモフくんに、いっておきたいことがあった。

助教授　なんでしょうか。

教授　きみはもっと太らなきゃいかん。そうでないといつまでも助教授のままだよ。ペテルブルグの文部省の役人どもは、教授に昇格させるときはなによりも体型を気にするのだよ。

助教授　太らない体質なのです。

教授　だれかいい医者に、一度診てもらったらどうかね。

助教授　助教授で満足です。学生諸君といっしょになってワイワイやれますからね。

教授　変わってるね、きみは。（チェーホフに）いずれにもせよ、医者としての成功は、シルクハットと太鼓腹と痔の、この三点にかかっている。これがきみに贈る言葉だよ。

チェーホフ　……はあ。

教授　この社会から病気をすべて追い出そうなんて、意気込んではいかんよ。からだとこころを壊してしまうからね。世界でいちばん悲劇的なのは、病気になった医者なんだ。健康に気をつけたまえ。これまたきみに贈る言葉だ。

チェーホフ　ありがとうございます。

教授　病気は神様がお治しになり、代金はわれわれがいただく。それがこの世の仕組み。これを忘れずに。この言葉もきみに贈ろう。

チェーホフ　……はあ。

助教授　ナザリエフ先生、このへんで卒業試験とドクトル称号の授与式を終わりましょう。チェーホフくんは新進の作家でもありまして、今日も締切を抱えているらしいのです。

教授　おや、医者はやらないの？

チェーホフ　モスクワのどこかに家を借りて、小さな医院を開くつもりです。家族が喜びますし、なによりも生活が安定いたします。

教授　専門は？

チェーホフ　内科です。ただ、近くに医院も病院もありませんから、外科も泌尿科も皮膚科もなにもかもやらなければならなくなるとおもいます。

教授　皮膚科がいい！

チェーホフ　はあ？

教授　わしも大学勤めのかたわら皮膚科の医院を経営しているんだが、皮膚科の患者は決して死ぬようなことがないから、重大な誤診はありえない。これはこころの健康にはじつにいいのだ。さらに皮膚病は完全に治るということがないから、患者は半永久的にうちへ通うことになる。これはきみ、固定給をいただいているようなものだよ。

助教授　（チェーホフに）きみがこの四年間、受けつづけた奨学金、それを社会へお返しするのを忘れてはいけないよ。

チェーホフ　はい！

教授　高く高く看板を掲げたまえ。看板には金色や銀色の輪っかをたくさん描いておく。すると世間が勝手に、きみが医学関係のメダルをたくさん持っていると信じて尊敬してくれる。

助教授　ロシアは結核患者でいっぱいだ。なぜだろう。

チェーホフ　……ウオッカの呑みすぎでしょ

うか。

助教授　夜更かしをしすぎる。

教授　この国の気候が悪い。

チェーホフ　家の中も自分のからだも汚いままに放っておくからです。

助教授　大食いでもある。

チェーホフ　それもよく嚙みもせず丸呑みにしています。

助教授　そこいら中に痰（たん）を吐（は）き散らす。

教授　結核は一種の風土病なんだよ。

チェーホフ　というより、生活の質が悪いんです。

助教授　その生活の質を少しでもいい方へ変えて行くための……そう、生活革命が必要なんだ。

チェーホフ　……生活革命！

助教授　わたしたちの国の人びとの生活の方向を変えるところから、結核治療の第一歩が始まる。

チェーホフ　はい！

不意に、奥の暗がりに、黒い人影が浮かび上がる。

教授　わがモスクワ大学は皇帝陛下の大学である。したがって本学の教師は、革命のカの字も口にしてはいかん。秘密警察に聞かれたらどうするんだ。うむをいわさずシベリアへ送られてしまうよ。それに、革命という邪悪な言葉を聞いていたという罪で、このわたしまでシベリア送りになりかねない。口を慎みなさい。

助教授　ナザリエフ先生、あなたには迷惑をかけたくありません。ベルリンのコッホ先生のところへ戻ります。（チェーホフに）生活革命の先頭に立つのが、きみのような若き医師たちだ。それを忘れるな。（教授に）さようなら。

助教授、ガウンを脱ぎ捨てて去る。
教授、そのあとを追いながら、

教授　待ちなさい、オストロウーモフくん。きみを呼び戻すのに、ペテルブルグの役人どもの前で、また何十回もペコペコと頭を下げなければならん。あれにはもう耐えられんのだよ。おい、待ちたまえ！

一人、残されたチェーホフを、黒い影がじっと見ている。

五　三粒（さんつぶ）の丸薬（がんやく）

チェーホフ医院の診察室兼書斎。

いきなり結婚申込みを受けて化石化しているマリヤ。

花束を捧げているのはモスクワ近郊の鉄道を経営するルヴレル家の跡取りのイワン。緊張のあまり固まっている。

その上に二枚の字幕。あるいは読み上げ。

①「解剖や診察実習でも優秀な成績をあげたアントンは、モスクワの繁華街に家を借りて、内科医院を開業した。大きな看板のかわりに、彼はドアに小さな名刺を貼った。」

②「チェーホフ医院の最初の患者は、イワンという青年だった。イワンはモスクワ市内から東の郊外へ、約二十キロの線路を保有する、ルヴレル鉄道会社の跡取り息子である。」

イワン　……ぼくは、緊張しすぎてガンガンと耳鳴りがしはじめました。気が狂いそうです。どうかこの花束を受け取って、この耳鳴りを治してください。
マリヤ　……！
イワン　息が苦しくなってきた。このままでは息が止まって死んでしまう。マリヤさん、ぼくの命を救ってください。
マリヤ　……！
イワン　もう息が止まりそうです。
マリヤ　結婚申込みのお花は……（思い切って）いまは、いただけませんわ。
イワン　ぼくが嫌いですか。
マリヤ　……まだ、結婚できないんです。
イワン　ああ、ぼくの気持がわかっていただけたらなあ！

マリヤ　（じつに小声で）……わかってます。

イワン　ひと月前のある朝、あなたは表のドアに『ドクトル・チェーホフ』という名刺を貼っていましたね。会社へ向かう途中、たまたまそのお姿を拝見して、からだ中に電気が走りました。きびきびした身のこなし、心の強さを表わしてキリリと結ばれた赤い唇、賢く澄んだつぶらな瞳、全身から立ちのぼるいいようのない幸福感……なんて美しいひとだろう！

マリヤ　わたしを買い被っておいでです。

イワン　あのときぼくは、毎日、病気になろうと心を決めました。頭痛腹いた寝ちがえ不眠症、めまい深爪シャックリ捻挫、次から次へと病気をこしらえて、看護助手をしておいでのあなたが「結婚します」といってくださるまで、毎日、こちらで診察していただこうと。このひと月、会社を休むことはあっても、こちらへうかがうのを休んだことはありません。でも、もう限界です。（花束を差し出して）もう新しい病気が思いつかない！

マリヤ　病気のようなものは、まだたくさんありますわ。水虫に虫刺されにおたふくかぜ……、

イワン　では、あすは水虫に、あさっては虫刺されになって……（気づいて）からかわないでください！

マリヤ　ごめんなさい。たとえ三年お通いになっても、病気のようなものには、ことかきま

せんよといいたかったの。

イワン　……三年？

マリヤ　（改まって）わたしたちは何度も飢え死にの一歩手前まで行きました。それというのも、うちの祖父は農奴、農園奴隷で、おまけに父は商売が下手だったからですけれど……。

イワン　（話を盗って）家柄なら、うちも似たようなものです。ぼくの祖父もやはり農園奴隷でした。ただ、父がなかなかのやり手で、麦粥の屋台を曳きながらコツコツ貯めて、全長二キロの軽便鉄道を買い取りました。いまは二十キロまで線路が延びましたが、どっちにしろたいした鉄道会社じゃない。でも、マリヤさん、あなたがぼくの生涯の伴侶になってくださったら、それこそぼくは勇気と元気とやる気の火の玉になって、日本海のウラジオストックまで線路を敷いてみせます。全長一万キロですよ。

マリヤ　三年通っていただきたいわけを、お話ししているんです。

イワン　ごめんなさい。

マリヤ　わたしたちが飢え死にせずにすんだのは、ひとえに兄のおかげです。お医者の勉強をしながら雑誌や新聞に読物をたくさん書いて、兄はわたしたちにお腹いっぱい食べさせてくれました。わたしが高等女学校まで行けたのも、みんな兄のおかげなんですよ。

イワン　えらいお兄さんだなあ。

マリヤ　身内をほめるのは、はしたないことかもしれませんけれど、でも、兄はほんとうにりっぱです。

イワン　ぼくの義兄（にい）さんになってくださったらいいのになあ！　そうだ、義兄さんのために小説雑誌を出したっていいんだ！

マリヤ　三年待って、という話をしています。

イワン　……どうぞ。

マリヤ　家計をうまくやりくりしてこの借家を兄のものにしてあげたいんです。患者さんを診察するときは、そばにいてなにか手助けをしてあげたい、奥さんが見つかるまで身のまわりの世話をしてあげたい、秘書の役を務めてモノを書く時間を確保してあげたい、夏の夜はピアノでチャイコフスキーのロマンスを弾いて聞かせてあげたい……三年あれば、いまいった「してあげたい」がみんなかなうとおもいます。三年待ってくださいね。

イワン　（振り絞るように）……うちの父が結婚話を進めているんです。

マリヤ　……結婚話？

イワン　どこかの大金持が、「うちの出戻り娘をもらってくれたら、持参金を五十万ルーブリつける」といってきました。

マリヤ　（金額に仰天）五十万ルーブリ？　ちゃんとしたお家が二十軒は買えるわ。パリ旅行なら二百回もできる。

イワン　しかも、その娘というのが、ぼくより十も年上で、口のまわりに金色のヒゲを生やしていて、おまけに、別れた夫とのあいだに二人も子どもがいるんです。父の狙いはその持参金です。ぼくのことなんかどうでもいいんだ。

マリヤ　……かわいそうなのねえ。

イワン　コブつきの年増女に息子を売り渡した金で、父がなにをしようとしているかわかりますか。桜の並木道のついた地主屋敷を買い取ろうとしている。屋敷をつぶして線路を延ばして、その一帯に住宅地をつくろうというんです。

マリヤ　桜の並木はどうなるの。

イワン　昨日、会社へ、頑丈でよく切れそうな大きな斧が二十丁も届いていました。桜の大木をかたっぱしから伐るつもりなんだ。

マリヤ　桜の木もかわいそう。

イワン　ですから、ぼくと結婚してください。父とやり合う勇気と元気とやる気を、ぼくに授けてください。

イワン、改めて花束を捧げる。

マリヤ　……では、二年、待ってくださいますか。
イワン　あなたがそばにいてくださったら、父に、「地主屋敷をこわさずに、線路を曲げて先へ延ばせばいいんだ」といってやれるんだけどなあ。
マリヤ　一年、待って。
イワン　いまは日に何回も起こる脱輪（だつりん）事故をなくすことの方が大事なんだ。そばにいてください。父に、「わが社がまずやるべきなのは線路の点検です」といってやります。
マリヤ　わかったわ。もうお待たせしません。

マリヤ、ついに花束を受け取る。

マリヤ　いますぐ、まじめに考えます。
イワン　ありがとう！

イワン、思わずマリヤの手を取ろうとしたとき、入口の鈴が鳴る。
往診鞄を下げたチェーホフが入ってくる。

チェーホフ　やあ、こんどはどこが痛むんだ？
イワン　今日はすごく調子がいいんです。
マリヤ　……おかえりなさい。
イワン　全世界を抱きしめてあげたいような気分なんですよ。
チェーホフ　こんどはあたまがおかしくなったか。

チェーホフ、机上の銭函に硬貨を落とす（一コペイカ銅貨一枚）。

チェーホフ　（マリヤに）ずいぶん痩せたおばさんが、ひどく青い顔をして床に倒れていた。シャツやシーツに炭火のアイロンをかける仕事をはじめたのだが、朝から晩まで炭火のガスを吸っているうちに気分が悪くなってしまったんだね。やはり青い顔をした子どもが三人、そのおばさんをかこんで「お腹が空いたよー」と泣いていた。窓を開けてあげてから、炭酸ガス中毒はこわいですよと注意して、気分治しのハッカ飴を十個ばかりおいてきた。治療代は一コペイカでいいといった。飴代にもならないけど仕方がないね……あれ、青い顔をしているね。どうした？

マリヤ　少なくとも三年は、とおもっていました。けれども、それがひと月かそこいらにな
ってしまいました。ごめんなさい。

チェーホフ　……どういうこと？

マリヤ　ですから……（やはり言いかねて）あ、お茶を入れてくる。兄さんの好きなパン
ケーキも焼いてあげるわね。（イワンに）おねがいします。

マリヤ、奥へ去る。

チェーホフ　（イワンに）なにか頼まれたの？

イワン　（やはり詰まって）じつは……、

入口の鈴が鳴る。

イワン　……はい、お茶の支度をしているあいだ先生の助手を、って。

チェーホフ　ひとりでやるよ。

イワン　（往診鞄から取り出しながら）診察には打診棒と聴診器、傷口にはヨードホルム、

便秘にはヒマシ油、気分が悪いときのハッカ飴……ひと月ですっかり覚えてしまいました。なかなか見込みのある助手でしょう。

アニュータばあさんが入ってきて、いきなりチェーホフの前に膝まづき、

アニュータ　ドクトル先生は神様だ。ありがとうね。

チェーホフ　どうなさったんです？

アニュータ　神様でなければ魔法使いだ。このご恩はあの世へ行っても忘れませんよ。

チェーホフ　どうもよくわからないが……とにかくお立ちください。（イワンに）椅子を。こちらのアニュータさんはリューマチで苦しんでおいでなんだ。

イワン　（うなづいて椅子を）どうぞ。

アニュータ、椅子を勢いよく却(しりぞ)けて、

アニュータ　このままにしといておくれ！　ドクトル先生

の前でひれ伏す老婆……まるで活人画みたいじゃないか。世間のみんなに見せてやりたいね。ドクトル先生、この活人画は宣伝になるよ。

チェーホフ　とにかく椅子に！　お話をうかがうのはそれからです。

こんどはチェーホフがアニュータを坐らせて、

チェーホフ　いったい、どうなさいました？

アニュータ　おとといくださった三粒の丸薬だけどね、あのとき、正直な話、こうおもった。「なんだい、こんなハナクソのでき損ないみたいな薬！　この十年、あたしにとりついてきたバケモノ・リューマチに効いてたまるもんか」ってさ。

チェーホフ　モスクワ大学の、ぼくの恩師たちが開発した薬なんですがね。

アニュータ　だからさ、いただいたときはハナクソに見えたんだよ。うちのじいさんが「まただまされたとおもえばいいじゃないか」というから、きのう、朝昼晩と服んでみた。そしたらどうだろう。今朝は、じいさんの手を借りずに、すっとベッドからおりられたじゃないか。ポカンと口をあけっぱなしにしていたじいさんの顔を見せたかったね。

チェーホフ　……まさか！

アニュータ　十年ごしにあたしを苦しめてきた慢性リューマチが、ひと晩のうちにどっかへ飛んで行ってしまったんだよ。（チェーホフに飛びついて）ドクトル先生、ありがとうよ。

チェーホフ　医者になってよかった！

二人、抱き合って、そのへんを跳び歩き、イワンもいっしょに跳びはねる。少し前に、お茶の道具（カップ、受皿、ティースプーン）を持って入ってきていたマリヤも、この様子を見てにこにこして、それから次の支度のために出て行く。

アニュータ、一人で踊り歩いて、

アニュータ　なんて足が軽いんだろう、ほらほら、若い娘みたいに踊れるよ。

チェーホフ　（感動して、イワンに）おとといは杖（つえ）の助けなしには動かなかった足が、ごらん、きょうはいきいきとダンスのステップを踏んでいる。医者にはこういう瞬間がいちばんうれしいのだ。

イワン　（やはり感動して）お医者さんて、奇蹟をおこす人のことをいうんだな。

アニュータ　（跳ねまわりながら）こちらの先生は特別だよ。これまで星のかずほどたくさんのドクトルにかかったけどね、ろくでもない薬をくれるやつばっかりさ。中には面倒くさがって、下痢止めと下剤をいっしょにくれたやつもいたよ。あのときは往生したねえ。お手洗いに行きたいのやら行きたくないのやらさっぱりわからないんだからね。

チェーホフ　けしからぬ医者も、たまにはいるかもしれません。でも、それはごく一部で……、

アニュータ　いや、いるのは、けしからんやつばかりだよ。「はい、南ドイツの温泉がいいですよ」「ええ、クリミア海岸の砂風呂が効きますよ」「そりゃあ、キエフの牛乳風呂にかぎりますよ」……口から出まかせの思いつきを猫なで声で並べて、あたしら貧乏人から金を巻き上げることしか考えていないんだからね。おかげであたしは、ありったけの身上（しんしょう）をはたいてしまったよ。ああいうドクトルどもは、解説付きの強盗だよ。いや、あいつらは人殺しだ。

チェーホフ
イワン　……人殺し？

アニュータ　あたしのリューマチ仲間の一人が、さっきのドクトルに下痢止めと下剤をいっしょに服まされて悶（もだ）え死にしてしまったんだよ。どう見ても殺人だね。（ふたたび膝まづいて）もし、ドクトル先生がいなかったら、あたしはお墓に入っているところだった。ありがとうね。

チェーホフ　それぐらいよろこんでいただければ充分です。さあ、お立ちください。

アニュータ　おとといは、ペテルブルグにいる娘に「至急、帰れ」と、電報を打とうとしてたんだよ。バケモノ・リューマチのせいで長くは生きられない、その前に「ひと目、娘に」とおもったんだ。それがどうだろう。きょうは、足はかるがる、からだはふわふわ……まるで天国にでもいるようだ。まだ百年ぐらい生きられそうな気分だよ。

チェーホフ　いつまでもお達者でいてくださいよ。

アニュータ　（いきなり悲しみの底へ落ち込んで）こんな達者がなんになる。

チェーホフ

イワン　……？

アニュータ　この十年、屋根の修理もほったらかし……ベッドの上からお星さまが見えるんだよ。雨が降るとじいさんが傘をさしかけてくれるけど……ぽたぽたぽたと雨もりのする屋根の下で、こんな達者がなんになる。（血でも吐くように）貧乏は病気よりも苦しいよ。

チェーホフとイワン、衝撃を受けて、たがいに顔を見合わすばかり。

アニュータ　じいさんは腕の立つ靴職人だった……でもね、あたしの薬と引きかえに革切り包丁を一丁のこらず手放しちまったんだよ。いまはいちんち中、窓ごしに通行人の足もとを見ながら、「あの靴はこう直すのになあ」「その靴は底の張替えどきなのになあ」と、ため息ばかりついている。そんなため息の聞こえるなかで、こんな達者がなんになる。家族のため息は病気よりもつらいよ。

チェーホフ　あなたは新米医者をよろこばせてくださった。(銭函からお札を取り出して渡しながら) 力づけてもくださった。これはそのお礼です。

イワン　(お札を出して渡して) これはおばあさんの全快祝いです。

アニュータ　(受け取ると、いっぺんに元気になって) もしもいつか、あたしの命が入り用になったら、どうか奪(と)りにきておくれ。いつでも命をさしあげるからね。

イワン　それはどうも。

チェーホフ　でも、そんなことにはならないとおもいますが。

アニュータ　(膝をついて) ああ、あなた様方はわが家の天使様だよ。

軽食用の食器(パンケーキ用の小皿、ナイフ、フォーク、蜂蜜瓶)を盆にのせたマリヤがきて、

マリヤ　おばあさんの分も用意しましたよ。

食器を置いて、にこにこしながら去る。

アニュータ　みなさん、なんておやさしいんだろう！　こうやって、いろんな天使様があたしたちといっしょに暮らしてくださっているんだね。元気を出さなくちゃね。

チェーホフ　（うなづいて）お元気に長生きしてくださいよ。

アニュータ　（また悲しみの底へ落ち込んで）長生きしたとてなんになる？

チェーホフ　……？

イワン

アニュータ　せがれが役所へ行かなくなっちまってねえ。上役に書類を見てもらっているときに思わずハックション、上役のあたまは一面のツバキ畑だ。それっきりせがれはうちに引きこもっているよ、月のない夜よりも暗い顔をしてさ。上役に贈り物がしたい、そしたらまた役所へ出て行けるというんだがね、あんな闇夜みたいな顔を見ながら長生きしたとてなんになる？

アニュータ、ハンカチを出して目に当てるが、そのとき薬包みを落とす。
チェーホフとイワン、顔を見合わせているが、やがて、チェーホフは銭函から、イワンは財布からお札を出して、

チェーホフ　ウオッカの一箱も贈れば、その上役さん、きっと許してくれます。どうぞ。

イワン　上等のキャビアのひと缶も添えたらどうでしょう。どうぞ。

アニュータ　（受け取って元気になる）このご恩はけして忘れないよ。せがれにも娘にも、いいや、孫たちにも、ごはんどきを忘れてもあなた様方のご恩を忘れるなと言い伝えるよ。「チェーホフ医院の皆様がわが家をお救いくださった」、きょうからこれがうちの家憲（かけん）だよ。

　　足早に出て行きながら、

アニュータ　なんて足が軽いんだろう、若い娘みたいに歩けるよ。ありがとうね。あたし、これでもおしゃべりの方だからね、こちらの名医先生のことを、この軽い足どりで方々にふれて歩いたげる。またくるからね。

イワン　（見送って）よかったですね。

チェーホフ　すばらしい笑顔だった。

イワン　お披露目屋（ひろめや）さんをつかまえたようなものですよ、先生。きっと患者さんがふえます。
チェーホフ　そうなるといいがね。

左手にパンケーキを積み上げた大皿を、右手に紅茶のポットを持って、マリヤが出てくる。

マリヤ　軽焼きのパンケーキよ。さあ、召し上がれ。

イワンは大皿を受けとって診察机に置き、マリヤは紅茶を注ぐ。
机を挟んで向き合ったチェーホフとイワン、さっそくナイフとフォークをとる。

マリヤ　あれ、おばあさんがいない。
チェーホフ　リューマチが治ってよほどうれしかったんだろうね、踊りながら帰ったよ。
イワン　この医院のことをうんと宣伝してあげると請け合っていました。
マリヤ　（銭函をどかして坐ろうとして）あれ、ルーブル札が一枚もない。
チェーホフ　リューマチのほかにも、あのおばあさんはいろんな問題を抱えていた。さいわいすべてお金で解決できる問題だったので……まあ、さしあげたわけだな。

イワン　ぼくも先生に協力しました。

マリヤ　……薬問屋さんへの支払いに充てようとおもっていたのに。あれ？

イワン　ずいぶん「あれ？」を連発する女なんですね。

マリヤ、アニュータが落とした薬包みを拾いあげて、

マリヤ　これ、うちの包み紙だわ。チェーホフ医院の薬包紙よ。

イワン　さっきまで、そんなところに、なにも落ちていませんでしたよ。……そうか。おばあさんが落としていったんだ。たぶん、そうです。

マリヤ　（開けて）リューマチの丸薬が三粒！

チェーホフ　（受け取って、じっと見つめて）……このひと月のうちにリューマチの薬を出したのは、あのおばあさんがただひとり……（アッとなって）服んでいなかったんだ！

チェーホフ、「ウッ！」となり、ハンカチをひっぱり出して、口に当てる。ハンカチがみるみるうちに赤く染まって行く。

マリヤ　アントーシャ、どうしたの？

チェーホフ　（笑いかけて）のどを痛めたらしい。
マリヤ　（ほとんど信じていない）ほんとうにそうなの？
チェーホフ　ぼくはドクトルだよ。（イワンに）失礼、ちょっと横になってくる。
イワン　（ことばもない）……。

チェーホフ、出て行く。マリヤ、追いかけるが、急に止まって、イワンへ、

マリヤ　兄をひとりにしてはおけません。十年、待ってください。
イワン　……十年？
マリヤ　（悲しく、きびしく）あるいは、それ以上。さよなら。

見送って立ち尽くしているイワン。
……やがて、ゆっくり出口へ歩いて行く。

六　サハリン

ピアノが「サハリン」の前奏を静かに弾いている。そこに二枚の字幕。あるいは読み上げ。

①「そこへ、兄の結核による死があり、戯曲『イワーノフ』と『森の精』の上演失敗があった。こんなときはどうしたらいい？」

②「大旅行、そして住むところをかえる、これが生涯をとおしての生活の知恵だった。だれもが噂をするが、だれも行ったことのないサハリン島（樺太）を、彼はめざした。」

サハリンの流刑地長官事務所。

ヒゲの長官と、ヒゲの署長が、チェーホフの調査報告を聞いている。うす暗いので、二人は影のように見える。

呪われた
　つみびとが
たどりついた
　サハリン
暴力と
　貧しさが
支配する島
　サハリン

わたしは見た
幼い子どもがからだを売る、その場を

学校もない
　病院もない
さいはての島
　サハリン

ピアノがごく薄くなる。

チェーホフ　サハリン長官閣下、そしてサハリン警察署長さん、わたしは、この島の一万の住民の暮らしぶりを調べました。

長官　ごくろうさん。

署長　（うなづいている）……。

チェーホフ　わたしは、十三歳の少女が役人のお妾になっているのを見ました。十五歳で妊娠した少女も診察しました。この島の少女たちは、十二歳でからだを売りはじめます。そして、彼女たちの平均寿命は二十八歳です。

長官　ロシア本土も似たようなものだよ。

署長　（そうそうと、うなづいている）……。

チェーホフ　わたしは、どうしたらいいのかわかりません……（口に手を当てる）！

長官　わしにもわかりませんな。

署長　（わからんわからん）……。

チェーホフ　ただ、わたしは……、壮年のチェーホフがすっと現われて、青年チェーホフに白いハンカチを差し出す。

壮年チェーホフ　悲しいときに悲しい顔をするのがいやだったはずだよ。こういうときは、つとめて明るくふるまう。そうだったろう。

青年チェーホフ　……わたしは、この世界にたいして連帯責任のようなものを感じているんだ。

壮年チェーホフ　哲学も苦手だったはずだ。宿舎で休め。

青年チェーホフ、ハンカチで口を抑えて去る。壮年チェーホフ、それを見送ってから、調査報告をつづける。

濡れぎぬの
つみびとが
息をしている

サハリン
役人と
　サーベルが
はばをきかせる
　サハリン

わたしは見た
　罪もない人が鞭うたれる、その場を

法廷もない
　裁判もない
さいはての島……
いいや、この国は
どこもかしこもサハリン

長官と署長は聞いていない。なにかおかしいことがあるのか、声なく大笑いしている。

七　十四等官の感嘆符！

ロパースニャ公立病院の医局。

医師用白衣のチェーホフ、机で「解剖所見」を書いている。

その上に三枚の字幕。あるいは読み上げ。

①「サハリン体験の一年半あと、アントンはメリホヴォに屋敷を買った。三分の一は現金で支払い、残りはローンにしてもらった。」

②「メリホヴォは、モスクワの南の別荘地である。モスクワから汽車で二時間のロパースニャ駅で下車、そこからは馬車で行く。」

③「郵便物はロパースニャ駅留（えきどめ）で届く。小説を書くかたわら、駅前にある公立病院の無給の医局長になったアントンは、郵便物を楽しみにロパースニャへ通っていた。」

入ってきた医師実習生のミルキン、
白衣をきちんとさせてから、

実習生　大事な解剖の最中に気を失ってしまいまして……医師実習生として恥ずかしいかぎりです。申しわけありません。

チェーホフ　気分はいかがですか。

実習生　顔を洗ってハッカ飴をなめて、それからお向かいのレストランでコーヒーを三杯のんでまいりました。もうだいじょうぶです。

チェーホフ　よくなったみたいだね。

実習生　（尊敬して）先生は強いお方(かた)です。

チェーホフ　……なおってない。

実習生　瞬(まばた)き一つせず、息の絶えた人間のからだにメスを柄(え)のところまでブスッと突き通すのを見て、強いなあ、先生のように強い意志がなければ医師にはなれないなあとおもい

……おもっているうちに、なにもわからなくなりました。

チェーホフ　きみの解剖実習の成績は満点でしたよ。医学部からの推薦状にはそう書いてあった。

実習生　医学部では十三体のからだにメスを入れさせていただきました。しかし、実習とはまるで迫力がちがっていました。（思い切って）先生、ぼくのような者でも医師になれるでしょうか。

チェーホフ　医師と強盗は場数です。

実習生　……バカズ？

チェーホフ　場数を踏めば踏むほど、メスとドスの扱いがうまくなる。いまから心配しなくていいんですよ。

実習生　（考えている）……医師のメスと、強盗のドス、ですか。

チェーホフ　ペンは持てるかな。

実習生　あ、ペンは持てます。

チェーホフ　いまの解剖の所見を書いていたところでした。これからそのつづきをいいます。それを書類に書き込んでください。これも経験ですよ。

実習生　はい。

ミルキン実習生、机の前に坐って、それまでの所見を読む。

実習生　（読む）「イワン・ドミートリヴィチ・ソバーリン。三十五歳。文部省のロパースニャ地方教育庁文書係。十四等官。十七年間勤続」……十四等官は、お役人の最下位の官位ですね。

チェーホフ　（うなづいて）ソバーリンさんは十七年間、ただの一度も昇格することができなかった。俗にいうところの「役所の冷飯食い」だったわけですね。

実習生　（ため息をついて、読む）「頭蓋骨のうしろ左側に陥没しかかった箇所があり、発生から一週間ほど経過している」……先生、これも死因の一つではないでしょうか。

チェーホフ　おしまいの総合所見で判断しましょう。

実習生　（うなづいて、読む）「長く胃潰瘍と大腸カタルを患って、十年前から当病院に通院していた。この半年間はチェーホフ医師が担当する。このところ劇的な回復を見せていた」……（尊敬して）先生はやっぱり名医先生です。

チェーホフ　いや、なにかほかに理由があって、よくなっていたんですよ。わたしは、ごくごく少量のモルヒネを鎮痛剤としてさしあげていただけです、小麦粉とまぜて丸めて服みやすくしてね。あとで作り方を教えてあげましょう。さて、ここから書いてください。（書き取れるようにゆっくりと）「死因不明のために、遺族の許可をえて解剖したところ、致死量をはるかに上回る大量のモルフィウムを検出した。」

実習生　やっぱりそうか。モルフィウム中毒……モルヒネ中毒が死因だったんですね。

チェーホフ　（ゆっくりうなづいて）「総合所見。解剖にあたったチェーホフ医師とミルキン見習医師は、故ソバーリン氏の死因を、モルヒネの大量服用による自殺と判定する。」

少し前から、医局を覗きこんでいたフロックコートのチグロフ弁護士と喪服のソバーリン未亡人、一瞬、顔を見合わせてから、飛び込んでくる。

チグロフ　自殺はいけません！

二人　……？

チグロフ　他殺にしてください。

二人　……？

未亡人　どうか他殺でおねがいいたします。

チェーホフ　これは……ソバーリンさんの奥さん、いったいどうなさったんです。

未亡人　おやさしい先生、お願いでございます、主人はいきなり頭をガンとやられて、それがもとで、はかなくなったのでございます。遺(のこ)された三人の子どものためにも、どうか、そうお書きになってくださいまし。

チェーホフ　けさ、このミルキンくんと解剖のお許しをいただきに上がったとき、奥さんは、「主人はお友だちからお金を借りてモルヒネを買い集めたようでございます」と、そうおっしゃっていた。あのときの、涙で濡れて重くなった悲痛なお声は、いまも耳の底で聞こえております。

実習生　すぐそばにいたぼくが、証人です。

チェーホフ　解剖の結果にしても、このように「モルヒネの大量服用による自殺」と出たわけですしね。

未亡人　そうではございましょうが、どうぞお慈悲をもってそのへんをこう曲げて、どうか主人が殺されたことに……（先がつづかず、ハンカチで顔を覆って声なく泣く）。

チグロフ　（二人に名刺を渡しながら）弁護士のチグロフです。こちらの、ソバーリン未亡人の相談役をしております。わたしどもが他殺を主張しているのは……じつはですな、真犯人の目星をつけたからなんですよ。

実習生　そんな……いるわけありませんよ。

チグロフ　それが、いるんですな。

チェーホフ　だれが真犯人だとおっしゃるのかな。

チグロフ　（キッパリ）役所の文書係の机です。

二人　（絶句）……！

チグロフ　しかも机は四つもある。警察にあの机どもを逮捕させて、地方検察庁へ突き出すつもりでいます。
実習生　机に人が殺せるでしょうか。
チェーホフ　机には人を殺す動機というものがありませんよ。
チグロフ　よろしい。説明しましょう。

チグロフ、二人を坐らせる。

チグロフ　ソバーリンさんをはじめ四人の文書係は、役所から冷たく扱われていました。「いつもインキのにおいをプンプンさせているあの連中は、一年三百六十五日、型どおりの決まり切った文書を書いているだけではないか。子どもにもできる仕事だ。俸給は安くていい」というわけですな。
未亡人　主人は初等中学中退という哀れな学歴もあって、いちばん下の十四等官として役所に入りました。……でも、わたしといっしょになったときもやはり十四等官、三人目の子どもが生まれたときもあいかわらず十四等官、亡くなったときもまだ十四等官でした。（胸がいっぱいになって）あんなに上手に、あれほどきれいな字が書けたのに、とうとう十三等官になれなかった！　ロシアでいちばん美しい文字を書く人でしたのに！

チグロフ　役所は、文書係四人を物置に詰め込んでいました。ベッド一つならどうにか入るが、二つはとてもむりというような狭い物置に、机四つに椅子四つですよ。

実習生　ひどいなあ。

チェーホフ　まさに文書奴隷だ。

チグロフ　文書奴隷か。すこぶる的（まと）を射た言葉ですな。

未亡人　奴隷でしたのね、イワンは。かわいそうな、わたしのワーニャ……（声なく泣く）。

チグロフ　もしも、ほかのお役人と同じ広さの部屋をあてがわれていたら、たとえなにかの弾みで引っくり返ったとしても、ソバーリンさんは床に転がるぐらいですんだはずです。

未亡人　主人は、滑った弾みで引っくり返って、そのとき、机の角（かど）にここを……（左後頭部を押さえながら、声なく泣く）。

チグロフ　だが、部屋が狭すぎた。ソバーリンさんは机の角に頭をぶっつけるしかなかった。よって、真犯人は机です。

チェーホフ　（やや感心）さすがは弁護士さん、うまい理屈です。

実習生　すると先生、この……「頭蓋骨のうしろ左側に陥没しかかった箇所」というのは、そのときできたんですね。

ミルキン実習生、チェーホフに解剖所見書を示す。チグロフも未亡人も覗き込む。

チェーホフ　そういうことだね。（チグロフに）おっしゃることをすべて認めるとして……しかし、それは机のせいですか。むしろ総務課の、あるいは局舎管理課の、なによりも地方教育庁の……もっとはっきりいいましょうか。これは地方教育庁長官の責任でしょう。

チグロフ　（不敵な笑いをうかべて）役所の机を訴えることは、長官を訴えることに等しい。狙いはそこにあります。

チェーホフ　（理解して）じつにうまい理屈です。

チグロフ　そこで……その「陥没しかかった」というところを「陥没した」と訂正してくださって、できれば、「これが致命傷となって死に至る」と、そう付けくわえていただければありがたい。おねがいできませんか。

チェーホフ　（考え込んで）うーん。

実習生　（チェーホフに小声で）文書偽造罪です。

チグロフ　三十分もするともうお昼です、そこの広場が人でいっぱいになる。奥さんとわたしは「夫が机に殺された」と呟きながら人の波をかき分けて歩く、もちろん解剖所見書を振りかざして。仕上げに、駅の向かいの警察署を、正面玄関から裏口へスーッと通り抜ける。これで充分でしょう。

チェーホフ　するとどうなりますか。

チグロフ　昼にはもう、町中が「文書係が机に殺された」という噂で持ちきりになる。

チェーホフ　それからどうなりますか。

チグロフ　午後一時のお葬式に、七等官の総務課長がそっと現われて、奥さんにこっそり紙袋を渡すことになります。

チェーホフ　なるほど、そのへんの小説よりよほどおもしろいですね。

チグロフ　四等官の長官閣下をはじめ、五等官、六等官といったお役人たちにとって、裁判沙汰よりおそろしいものは他にありません。華々しい経歴に大きな汚点がつきますからね。

チェーホフ　その紙袋ですが、いくらぐらい入っているものなんでしょうね。

チグロフ　わが国の相場から推しても、またわたしの経験から推しても、五千ルーブリ以下ということはないでしょう。

未亡人　先生、上の子はお勉強が大好きなんです。小学校ではいつも一番です。ですから八年制の中学校へ上げてやりたいのです。

チェーホフ　（遠くを見て）……八年制中学校ねえ。

末亡人　卒業すれば、そのまま九等官のお役人になれます。大学へも無試験で入れます。遺族年金がありますけれど、十四等官の年金ではスズメの涙、とても中学へはすすめません。どうか他殺でおねがいいたします。

チグロフ　わたしからも他殺を……（頭をさげて）この通りです。

チェーホフ　勉強の好きな子なら、それは中学へ行ったほうがいいですね。

口々に「ありがとう」を言いながら、末亡人はチェーホフの白衣の裾を取って拝み、チグロフ弁護士はいっそう深く頭を下げる。

実習生　（チェーホフに）悪徳弁護士の見本ですよ。こんな悪いひと、いままで見たことがない。

先生、悪人の誘いにのってはいけません。

チェーホフ　その悪から新しい善が生まれる瞬間に、きみもわたしも立ち会っている。これはすごいことですよ。

実習生　……悪から善が生まれる瞬間？

チェーホフ　悪から悪が生まれる光景はヘドを吐(は)くほどたくさん見てきた。もううんざりです。ところが、いまここでは、悪が善を生もうとしていて、しかも、その輝かしい瞬間が目の前にある。日常生活の中に宝石が転がっていたんだ。これはすばらしいことですよ。

実習生　（呆れて）……先生。

チェーホフ　医師の務めは患者とその家族の両方を救うことだと、むかしの人がいった。医学部で教わりませんでしたか。

実習生　教わりました。ギリシャの偉大な医者で哲学者、ヒポクラテスの教えです。でも……、

チェーホフ　だが、この一件(いっけん)では、患者さんはもはやこの世のひとではない。となれば、あとは簡単な計算問題です。患者さんと家族、そこから患者さんを引くと……？

実習生　二(にー)マイナス一(いち)イコール……家族！

チェーホフ　（うなづいてから）他殺用の解剖所見書を書いてください。総合所見は、わたしが書きます。

チェーホフ、実習生にペンを差し出す。

チェーホフ　ソバーリンの奥さんにこっそり、大金入りの紙袋が届いたところで、「あ、まちがえた」といって、すでにできている自殺用の解剖所見書を改めて警察に再提出します。

実習生　（泣きそうな声で）……先生、それは医師の、ではなくて小説家の解決法ですよ。

チェーホフ　これもなにかの経験ですよ。

ペンを受け取って、頭を抱えているミルキン実習生。木の長椅子に坐ってホッとしている未亡人とチグロフ弁護士。——そこへ大きな声。

ウーホフ　いまは亡き文書係の同僚イワン・ドミートリヴィチ・ソバーリンくんよ。わが心の友ワーニャよ。きみなきこの世の、砂を噛むような味気なさはどうだ。この世のよろこびのすべてが、きみとともに天国へ去ってしまったのだ。

入ってきたウーホフ、追悼演説の練習をしながら未亡人に礼を、他の三人には目礼をしつつ、

ウーホフ　しかし、わたしたちは、きみなきあとの味気ない日常に耐えて行かねばならぬ。（台詞で、未亡人に）ワーニャの柩を教会へ運びます。荷馬車も手配してあります。（演説で）きみの愛した奥様とお子さんたちを見守りながら、わたしたちは、きみ去りしあとの灰色の日常を生きつづけねばならぬ。（台詞で）葬式や埋葬式の準備も万全です。（演説で）きみの面影を胸に抱いて、つらくとも生きて行くことにしよう。（台詞で）すべてわたしたち文書係の三人にお任せください。（演説で）日が日を追って流れ、夜が夜を追って過ぎ去って、やがてわたしたちも天国できみと再会することになるだろう。ワーニャよ、その日まで安らかに憩いたまえ。（台詞で）埋葬式のあとのお食事会は、すぐそこの「レストランロマンス駅前店」に決めました。（演説で）ワーニャよ。（台詞で）会費制です。（演説で）きみの書き文字の、この世のものとはおもわれぬ美しさは、あの世でも珍重されるだろう。きみは天国で神様の御言

葉を記す文書係になるがよい。（つい）奥様よ。（台詞で）奥さんはじめご遺族は、むろん無料です。（演説で）ワーニャよ。きみの書き文字の美しさとともに忘れがたいのは、徹夜で戦わせたあの特別なブリッジゲームであった……。

末亡人　ウーホフさん、その演説のようなものはなんですの？

ウーホフ　演説そのものですよ。お葬式のときの追悼演説の練習をしているところです。

末亡人　（たちまち涙ぐんで）……ありがとう。

ウーホフ　のこされた三人の文書係が五分間ずつ演説をして、ワーニャを讃えることにしました。

末亡人　（天に向かって両手を合わせ）あなたは、お友達に恵まれていますよ。

ウーホフ　感動に感動を呼ぶ追悼演説をズラリとつらねて、どこにもないようなりっぱなお葬式にする。そうすることで、ワーニャを十四等官のままで放っていた役所の上役どもを見返してやるんです。

末亡人　そのお気持だけで、もう充分にワーニャは報われていますよ。

ウーホフ　（強く）役所でワーニャが、どんな思いをしていたか、あなたはわかっていませんｌ！

末亡人　（びっくりして）……はい？

ウーホフ　「十四等官やーい」とバカにされて、インキくさいとうとまれて、摩り切れた上着の袖口を笑われて、一字まちがうたびに五コペイカずつ罰金をとられて、職員の記念写真撮影では、きみらは写らなくてもいいんだよといわれて（泣いているようにも見える）……毎朝、死刑台に登るような気持で役所の階段を登っていたワーニャがわからない。だから、「そのお気持だけで報われました」なんて、お気楽がいえるんです。

未亡人　……わかりました。でも、いまから興奮してはだめよ。

チグロフ　（未亡人を応援にきていて）お葬式はこれからですからな。椅子に坐ってひと息入れたほうがいい。

実習生　気分がらくになります、ハッカ飴をどうぞ。

ミルキン実習生、ウーホフに、それから未亡人やチグロフ弁護士にも、飴を渡して、自分も一粒、服用。チェーホフにもさし出して――

実習生　ソバーリンさんの胃腸、悪くなるはずですね。いまの話でよくわかりました。

チェーホフ　いや、いっそう謎が深まった。あのひとの胃腸は、この半年間で劇的に回復していたんですよ。

実習生　（所見書を見て考え込む）うーん。

ウーホフ　（飴を噛みつぶして、演説再開）ワーニャのあの特別なブリッジゲーム！　半年前のある昼休み、職員の記念写真を眺めていたきみは、突然、上役の顔を一人一人切り抜いてトランプカードに貼りつけた。それから、上役の奥様たちの顔写真も手に入れてカードに貼った。ワーニャよ。ゲームのルールを決めたのもきみではなかったか。有り合わせの紙に、きみは例の美しい字でこう書いた。「長官はいちばん強いが、ご自分の奥様には負ける。次官は二番目に強いが、長官ご夫妻とご自分の奥様には負ける……」

実習生　（思わず）おもしろいなあ。

チェーホフ　奇抜な発想ですね。

未亡人　（天を仰いで）ワーニャ、あなたは発明家の道を進むべきでした。

チグロフ　（慰めて）故人をそっとしといてあげましょう。（ウーホフに）ジョーカーを抜いて、ゲームをするわけだね。

ウーホフ　別のジョーカーを使います。わたしたち四人の顔写真を貼った四枚のカード、これをジョーカーにします。一ゲーム目のジョーカーはワーニャの顔写真を貼ったやつ、二ゲーム目はわたしの顔写真のやつと、代わり番こにジョーカー役をつとめさせます。（演説で）だれかが四等官の長官閣下の札を出したといたしましょう。すかさず別のだれかが、「長官なんぞくそ食らえだ。いま、貴様のカカアを出してやる。どうだ、まいったか。尻に敷かれていろ！」。すると、間、髪を容れず、また別のだれかが、「こらこら、十四等官さまのお出ましだぞ。長官もカカアもくたばっちまえ！」。十四等官のカードが、上役夫妻のカードをまとめて引っさらってしまうのであります。

未亡人は呆然、チグロフとミルキンは感心、チェーホフはニコニコ。

ウーホフ　（演説で）毎晩、徹夜で戦い、イヒヒアハハと笑いに笑った。ワーニャよ、長官閣下に見つかるまでの、あの楽しい笑いの半年間をありがとう。（ふっと）……このブリッジゲームの話はやりすぎだ！　かえってワーニャの名を汚すことになるぞ。

未亡人　（天を仰いで）わたしのウソつきさん。仕事が忙しいから今夜も役所で泊り込みって……あれはウソでしたのね。

チグロフ　（慰めて）故人を責めてはいけません。もう悔い改めようがないんですからな。（ウーホフに）「長官に見つかるまでの半年間」といっておいでのようだったが……密告されたわけですね。

ウーホフ　いや、長官が直々に、物置へ躍り込んできた。

チグロフ　……長官が直々に？

ウーホフ　一週間前の真夜中、劇場から自宅へ馬車を急がせていた長官は、役所の物置の窓から灯りが洩れているのを見て、馬車を止めて耳をそばだてた。……聞こえてきたのはイヒヒアハハの笑い声。長官は物置へ、ものすごい雷を落とすことにした。

未亡人　……その雷がワーニャに落ちた？

ウーホフ　ワーニャが自分の顔を貼ったジョーカーをふりあげて、「長官もそのカカアもくたばっちまえ！　こっちは十四等官様だぞ」と叫んでいたところへ、長官が躍り込んできたんでした。

未亡人　……不運なワーニャ。

ウーホフ　長官の罵り声に、ワーニャは、思わず二三歩うしろへ下がった。そのとき、足がもつれて仰向けざまに倒れて、頭のうしろを机の角にガツ……。でも、すぐ起き上がって、わたしたち三人と長官に謝っていました。

未亡人　（天を仰いで）床に散らばった紙に滑って転んだ……あれもウソでしたのね。

チグロフ　（慰めて）ご家族によけいな心配をさせまいとしてついた、やさしいウソにきまってます。故人を責めるのはも

うやめましょう。ウーホフさん、事件の重要参考人として証言台にお立ちいただけませんか。

ウーホフ　事件？　なんの事件ですか。

未亡人　家庭の事情もあって、ワーニャは殺されたことになりましたの。

チグロフ　もしも裁判までもつれ込むようなときには、ぜひ、おねがいしたいのです。

ウーホフ　わたしは、祖父の代からのバイオリンを質入れしてお金をつくった。そのお金でワーニャはモルヒネを買った。これが事実です。

未亡人　（チグロフに）どうしましょう。

チグロフ　よろしい。説明しましょう。

チグロフ、ウーホフを長椅子へ誘って、未亡人ともども事情を説明する。

チェーホフ　（すばらしい笑顔を見せて）ソバーリンさんのそばには、世界一の名医がついていたんですねえ。

実習生　……世界一の名医？

チェーホフ　（うなづいて）めっぽう腕の立つ、国際的な、万能の名医がついていた。

実習生　……だれかしらん？

チェーホフ　ドクトル・イッヒヒアッハハです。

実習生　イッヒ……アッハ？　ドイツ系だな……（気づいて）あっ！

ウーホフ　（同時に、大声で）えっ！

実習生　カードゲームが名医？

ウーホフ　机が犯人？

チェーホフ　そう。夜ごとのおかしなカードゲームから生まれた笑いの渦巻き、それがソバーリンさんの主治医でした。

実習生　そうでしたか。

ウーホフ　（同時に）そうでしたか。五千ルーブリ、ふんだくるわけですね。

チェーホフ　そう。半年つづいたイヒヒアハハな日常生活が、ソバーリンさんの胃腸に劇的な効果を与えていたのです。

実習生　わかりました。

ウーホフ　（右と同時に）わかりました。（演説で）天にも地にも掛け替えのない大事な家族からきみを引き離したのは、役所の机であった。ワーニャよ！

マリヤ　わたしよ、アントーシャ！

飛び込んできたマリヤ、左手で抱えていた郵便物の束（新聞、雑誌などの定期刊行物）を机にどさりと置き、右手の封筒（「ソバーリン遺書」）を突き出す。

マリヤ　これ、駅から受け取ってきた今日の郵便物。そして、これ。

チェーホフ、マリヤの紹介を先にする。

チェーホフ　妹のマリヤです。モスクワの女学校で地理と歴史を教えているんですよ。

実習生　（やはり紹介してやる）三ヵ月前まで、この病院で先生の助手をしておいででした。

チェーホフ　毎週、週末になると、わたしの雑用を片づけにきてくれます。

実習生　（マリヤに）でも、まだ週末じゃない、今日は水曜ですよ。

マリヤ　急ぎの用があったの。

チェーホフ　こんどはみなさんを紹介してあげよう。

マリヤ　（未亡人たちに二秒くらいで目顔を送って）ご挨拶は、あとでゆっくり。（チェーホフに封筒を渡して）まず読んで。

チェーホフ　（封筒を見て）差出人が書いてないね。

マリヤ　学校気付で届いていたのよ。けさ、校長室に呼ばれて、校長先生の前で封を切って……、

チェーホフ　校長先生の前で封を切った？　差出人の名前が書いていないから、付け文じゃないかと疑われたんだね。（中味を抜き出しながら）学校というところは、どうして教師や生徒を信じようとしないのだろうねえ。いまは十九世紀だ、だれもが自尊心というものを持っている時代なんですよ。それに付け文なら付け文でもいいとおもうけどね。べつに校長先生が懸想されたわけでもないんだからね。

マリヤ　もう！　……わたしが読みます。（チェーホフから取って、読む）「いきなり、こんな手紙をさしあげてすみません。ごぞんじのように、わたしは役所の文書係です。これまで、自分には人並み以上の文章力があると信じて生きてきました。人の名前や土地の名前を並べるときは、いちいちコンマで区切る、文の終わりにはかならずピリオドを打つなど、自分には文章の心得があるとうぬぼれていたのです。」

ウーホフが、未亡人が、チグロフが、「?」となる。

マリヤ　（読みつづける）「ところが、あるときふと、役所の文書に感嘆符が一つもないことに気づきました。感嘆符は、ひとが感心したり怒ったり喜んだりするときなど、他人に自分の感情を伝えるときに使いますが、役所の文書には、この感嘆符がまったくない。役所に人間の感情や気持を持ち込んではいけないとされているので、公文書に感嘆符がないのです。わたしは、感嘆符のない文書を書いているうちに、いつのまにか、人間らしい感情を失った役人生活を送ってしまっていました。」

ウーホフ　（思わず唸る）このひとは、お役所仕事の本質を言い中てている！

マリヤ　（読みつづける）「けれども、半年前に、文書係の同僚たちと、あるルールでトランプゲームを始めたところ、それがあんまり愉快なので、たちまちのうちに部屋が感嘆符であふれてしまいました。これでどうだッ！　うわーやられた！　チキショー！　やった！　まいった！　もういっちょうこい！　ああ、感嘆符の、なんというたのしさゆたかさおもしろさ！」

五人、次々に思い当たることが出てくるので——次々に強ばって行く。

マリヤ　（読みつづける）「でも、ある不祥事がもとで、トランプゲームが禁止されることになりました。見つかったら、その場でクビです。感嘆符のすばらしさを知ってしまったわたしに、この禁止令は死の宣告と同じでした。一日の三分の二を役所で過ごさなければならない小役人のわたしには、この先、灰色の生活しかありません。しかも、病気持ちの上に、数日前、転んで頭を打ってからは、いつも頭痛がしています。もう、自分の人生がはっきり見えてきました。」

ガタガタ震え出す未亡人とウーホフ。チグロフとミルキンも感応して震えている。チェーホフの目だけは全体をとらえていて、

チェーホフ　このひとは笑いをつくって、それをこわされてしまったんだな。
マリヤ　（場の気配が気になるが、読みつづける）「わが家には、全世界の感嘆符を全部束ねて花束にして捧げても、まだ捧げ足りないほど大事な妻と子がいます。けれども、こんな夫が、こんな父親がなんになるのでしょう。厄介者になるだけです。」
未亡人　（天を仰いで）いてくださった方がずっとよかったんですよ。
マリヤ　（ミルキンに）この方は？
実習生　ソバーリンさんの奥さんですよ。

チグロフ　ソバーリン未亡人です。

マリヤ　未亡人……！

未亡人　まだなりたてです。

マリヤ　……間に合わなかった。

マリヤ、力が抜けて、ふらふらと椅子に腰を下ろす。

マリヤ　思いとどまっていただこうと、大急ぎでかけつけたのに……。

未亡人　夫とは、どういう関係でした？

マリヤ　ただの、患者さんと看護助手の関係ですけど。

実習生　いつもそばにいたぼくが、証人です。

未亡人　わたしあての遺書は、「すまない。子どもたちをたのんだよ」。これだけでした。ところが、あなたにはこんなに長々と書いていますわ。（手にしたハンカチをピッと引き裂いて）なんだかくやしい気がします。

ウーホフ　わたしへの遺書も短かったな。「たのしい半年間をありがとう」と、たったこれだけです。

未亡人　わたしは妻でしたよ。（チグロフに）おかしな話でしょう？

チグロフ　こういう事件は扱ったことがありませんので……わかりませんな。

マリヤ　（手紙を差し出して）先をお読みください。そしたら、よくおわかりいただけますから。どうぞ。

未亡人　……はあ。（受け取って、読む）「このようなお手紙をさしあげたのは、妻や子に書こうとしても想いあふれてペンが震え、友に書こうとしても切なくてペンが動いてくれず、そこで、いつもわたしを親切にお世話くださったマリヤ様に、前後の事情を知っていただきたかったからで、他意はありません。それではマリヤ様、いつまでもお兄さまを大切になさってくださいますように。モルヒネの山を前にしつつ、十四等官イワン・ドミートリヴィチ・ソバーリン記す。追伸　ミルキンさんによろしく。」

マリヤ　わかってくださいました？

未亡人　（大きくうなづいてから、天を仰ぎ）

それにしても、なんて美しい書き文字なんでしょう！

チェーホフ――いま頭の中で閃いていることを、言葉の力で、頭の中から外へ取り出そうという、見えない外科手術に集中して――そのへんを歩き回りはじめる。

チェーホフ　ひとは……ひとはもともと、あらかじめその内側に、苦しみをそなえて生まれ落ちるのです。だから、生きて、病気をして、年をとって、死んで行くという、その成り行きそのものが、苦しみなのです。したがって、苦しみというものはそのへんに、ゴロゴロといくらでも転がっているわけです。（無意識にウーホフに声をかける）そうはおもいませんか。

ウーホフ　いきなり聞かれても……困ったなあ。

未亡人　（チグロフに）どうなさったんでしょうか。

チグロフ　どうも、専門外のことで……わかりませんなあ。

実習生　（マリヤに）先生は、ときどきあんなふうになりますね。でも、今回は重症ですよ。

マリヤ　このままにしておいてあげて。兄は、チェーホフは、小説や芝居を思いつくときは、いつもこんなふうになるの。ちがう歩き方をして、声もかわる。大学生のときからそうなのよ。

チェーホフ　けれども、笑いはちがいます。笑いというものは、ひとの内側に備わってはいない。だから外から……つまりひとが自分の手で自分の外側でつくり出して、たがいに分け合い、持ち合うしかありません。もともとないものをつくるんですから、たいへんです。でも、ソバーリンさんはそれをやった。じつに彼は、ひとにしかできないことをやってのけたのですねえ。

チェーホフ、ついに外へ出て行ってしまう。気づかってついて行くマリヤ。未亡人、チグロフもつづく。ウーホフも追いかけながら、

ウーホフ　いいなあ、いまのお話は。先生、追悼演説で使わせていただけませんか。

実習生、いっしょに行きそうになるが、踏み止まって、解剖所見書のつづきを書き込みはじめる。

八　なぜか……

字幕のかわりに、チェーホフの肖像写真がある。

「七」でミルキン実習生に扮した俳優が「なぜか……」を歌い出す。

なぜか　さびしくなる
なぜか　かなしくなる
いつも　ひとりぼっち
それが　ひとのきまり

五人の俳優が登場、六人で歌う。

なぜか　にげたくなる
なぜか　くるしくなる
いつも　死にたくなる
それが　ひとのすがた

やるせない世界を
すくうものはなにか
かれが　その答えを
まさに　出したところ

わらう　わらい　わらえ
それが　ひとをすくう
かれは　前へすすむ
ひとり　きびしい道を

第二幕

九　オリガ

休憩時間の終わりごろから聞こえていた「タバコのワルツ」のピアノ独奏が高くなる。
その上に四枚の字幕。あるいは読み上げ。

①「お役人も軍人さんもお坊さんも、偉くなればなるほど、自分を金ピカの金モールで飾り立てるのが好きだ。」

②「さて、そのころ、ロシアで使われる金モールの製造を一手に引き受けていた会社があって、そこの若社長は、スタニスラフスキーという芸名で芝居に狂っていた。」

③「チェーホフとは顔見知りの劇作家で演出家のネミロヴィチ＝ダンチェンコは、この裕福な若社長を誘って新しい劇団を結成した。これがのちのモスクワ芸術座である。」

④「二人は、モスクワで一番のホテル、スラビャンスキー・バザールでよく会っていたが、そこには舞台のついたレストランがあった。」

テーブルのそばに立っていたボーイ長、一方を見てパッと手をあげる。

ボーイ長　ダンチェンコさま！　スタニスラフスキーさま！　ご予約ありがとうございます。（うれしそうに迎えに出て）こちらへどうぞ。お待ちもうしあげておりましたよ。さあ、わたくしの受け持ちのテーブルへどうぞ。

ダンチェンコとスタニスラフスキー、そしてマリヤがくる。ボーイ長、真っ先にマリヤの椅子を引いて、

ボーイ長　マリヤ・チェーホワさまでございますね。……いやあ、おどろきました。ダンチェンコさまからうかがっていたよりも、何十倍もお美しい！　わたくし、ここのボーイ長をしておりますが、あなたさまのお美しさを守るためなら、ボーイ長の職をなげうってもいい……いいえ、二つとないこ

の命を投げ出してもいいくらいでございます。ああ、あなたは自然の奇蹟です！

マリヤ、迷惑そうにしている。

ダンチェンコ　（ボーイ長をさえぎって）スラビャンスキー・カクテル！

ボーイ長　かしこまりました。（マリヤに）冷やした苔桃の生ジュースにシャンパンを加えた当ホテル自慢の逸品でございます。（調理場に向かって）お三人さまに、スラビャンスキー・カクテルを！

ボーイ長、調理場へ叫びながら去る。

ダンチェンコ　……いいやつなんですがね。近ごろは、あんなふうに大げさにやらないと、お客が喜ばないらしい。こまった風潮です。

スタニスラフスキー　（マリヤに）いまのボーイ長がいい見本ですよ。

マリヤ　はい？

スタニスラフスキー　おととしの秋、あなたのお兄さまの『かもめ』のペテルブルグ初演は……（思い切って）みじめなものでした。

マリヤ　……はい。

スタニスラフスキー　でも、あのみじめな失敗は断じて戯曲のせいではない。ペテルブルグの職業俳優諸君が、みんな、いまのボーイ長のような連中だったから、哀れ、『かもめ』は死ぬしかなかった。おぞましい声でわめきたてる、むやみに足を踏みならす、やたらに手を振り回す……そんな不自然なバカハシャギと捨て鉢な陽気さで、『かもめ』は死んでしまった。いや、殺されたといっていい。

ダンチェンコ　(大きくうなづいて) ひとの心の中に、たえまなく生まれては消えて行くときめきやそよめきやおののき……そういったたくさんの感情を、これまでにないやり方でみごとに織りあげた一大シンフォニー……それがお兄さんの『かもめ』なんですよ。ペテルブルグの諸君には、残念ながら、それがわからなかったんですな。

マリヤ　(理解して) 兄は、わたしの隣で、「百歳まで生きることがあっても、もう二度と芝居は書かない」、「もうどこにも『かもめ』は上演させない」と呟きながら涙をこぼしていました。……ペテルブルグのみなさんは、少しやりすぎていたんですね。

スタニスラフスキー　それに連中は単純すぎます。

マリヤ　……単純?

スタニスラフスキー　連中は……たとえば、かなしい気持をあらわす方法を一つしか持ち合わせていません。職業として、その一つの型を身につけているだけで、どんなときでも、その型で間に合うと錯覚しているんですよ。まったくばかばかしい話です。

マリヤ　どういうことでしょうか。

スタニスラフスキー　かなしいときはいつも（かなしいときの、型どおりの表現）これだ。これじゃだめですよ！

カクテルグラスをのせた盆をかかげて出てきたボーイ長、スタニスラフスキーの声にびっくりしてよろけ、グラスの中味をこぼす。ボーイ長、かなしいという思い入れで、引っ込む。三人は気づかない。

スタニスラフスキー　かなしいといってもいろいろあるんですからね。財布を落としてかなしい（同じ表現）、恋人にふられてかなしい（同じ表現）、最愛の母を失ってかなしい（やっぱり同じ表現）……つまり、いま研究中なんです。

ダンチェンコ　（大きくうなづきながら、マリヤに）研究中というところがすばらしい！　そうおもいませんか。

マリヤ　（考え考え）……兄の『かもめ』は、新しい形の戯曲だから、新しい演技の方法なしでは、上演できない……そうおっしゃっておいでなんですね。

ダンチェンコ　そう！　新しい演技術を発見する。これは大事業です。そして、スタニスラフスキーくんたちのような、芝居の手垢（てあか）でよごれていないアマチュアだけですよ、こういう新事業が達成できるのは。

マリヤ　（考え考え）職業俳優のみなさんにお任せしているかぎり、兄の戯曲は、結局のところ、「ボーイ長芝居」になるしかないということですね。

ダンチェンコ　（うなづいて）新しい酒は新しい皮袋に入れなければねえ。

スタニスラフスキー　劇団の若い人たちが、『かもめ』を読んで、「なんだかわけがわからないけれども、なんだかスバラシソー！」といっている。その「わけがわからない」ところを研究するんです、研究しつくすんです。きっとその向こうに新しい演技術があるはずです！

マリヤ　（感動して）ステキな劇団なんですね。

ダンチェンコ　ところがねえ、マリヤ・パーヴロヴナ、お兄さんに上演許可願いの手紙を三度さしあげたのだが、三度とも、なしのつぶてなんですよ。

マリヤ　……ペテルブルグ初演の傷が深かった。その傷がまだ治り切っていないのです。

ダンチェンコ　妹さんのあなたは、じつはお兄さんのよき秘書でもあり、腕利きのマネージャーでもある。わたくしどもの志を、お兄さんにお伝えくださいませんか。

マリヤ　……はい。

ダンチェンコ　わたしたちは入場料をうんと安くするつもりなんですよ。これまで、劇場を訪れる機会のなかった学生さんや店員さん、それから十四等官十三等官といった身分の低いお役人さん……つまり、ふつうに生活している方々に観ていただけるようにね。

スタニスラフスキー　だからお客さんも新しくなる。新しい戯曲にふさわしい新しい演技、そしてそれを支える新しい観客……ロシアの新しい演劇が成功するかどうかは、マリヤ・パーヴロヴナ、あなたがお兄さんを口説き落とせるかどうかにかかっているんです。

マリヤ　（はっきりと）兄に話してみます。

ピアノが高らかに鳴り響き、タバコの入った籠を腕にかけたオリガが、「タバコのワルツ」を歌いながら入ってき、同時に調理場からは、ボーイ長がカクテルの盆を運んでくる。

お悩みごとにはおたばこを
困ったときもおたばこを
こころの迷いを　こころのしこりを
煙にしてしまいなさいな

煙の行方を見ていると

ひとりで悩みが消えて行く

紙巻きたばこはいかが
ハバナの葉巻きはいかが
トルコの上等たばこもありますけれど

恋の痛手におたばこを
おカネの悩みにおたばこを
こころのみだれを　こころのねじれを
煙にしてしまいなさいな

煙の行方を見ているうちに
ひとりで悩みが消えて行く

お吸いなさいな　お買いなさいな

　ダンチェンコ、妙に熱心にタバコを買えとすすめるボーイ長に閉口しているが、唄のおしまいで「?」。

ダンチェンコ　……オリガくん?

オリガ　ダンチェンコ先生、いらっしゃいませ。

ダンチェンコ　やはりオリガくんだ。

オリガ　(うなづいてから、スタニスラフスキーに)ようこそ、スタニスラフスキー先生。

スタニスラフスキー　(どこかで見たような、という顔で)……?

ダンチェンコ　ほら……わたしが校長をしている演劇学校の優等生で、こんどメイエルホリドくんといっしょにうちの劇団に加わった新人ですよ。

スタニスラフスキー　(思い出して)『かもめ』を読んで、「なんだかわけがわからないけれども、なんだかスバラシソー」といっていたのは、たしかきみじゃなかった?

オリガ　(思わず)覚えていてくださったんだ。光栄です。

ダンチェンコ　（紹介して）マリヤ・チェーホワさんだよ。こちらはオリガ・クニッペルくん。
マリヤ　はじめまして。
オリガ　チェーホワ？　ひょっとしたら、あのチェーホフ先生の……？
マリヤ　妹です。唄がお上手なんですね。
オリガ　ロマンス歌曲の歌手をしている母から、毎日、聞かされて……いつのまにか歌えるようになりました。
ボーイ長　（割り込んできて）オリガのお母さまは、このホテルの専属歌手をなさっておりましてね、お母さまがチャイコフスキーのロマンスを歌いはじめると、お客さまの注文がぴたりと止まってしまいました。飲み食いよりも唄を聞く方が大事、というわけでございます。
オリガ　その母が病気になって、こんなことをやっています。

ボーイ長　タバコを売って家計を助ける。なかなかできないことでございますよ。

ダンチェンコ　（タバコを一箱買ってやりながら）秋のシーズンから、劇団の本格的な活動がはじまる。そうなると、全劇団員に給料が出るはずだよ。

オリガ　ありがとうございます。

ダンチェンコ　役についたらもっと出る。

オリガ　がんばります。

ボーイ長　もうがんばっちゃいけません。からだをこわして死んでしまいます。

オリガ　たとえ死んでも、がんばるの。

ダンチェンコ　（ボーイ長に）いったいどういうことなのかね。

ボーイ長　それなんでございますがね……、

オリガ　いわないで！

ダンチェンコ、すばやくボーイ長にチップを押しつけて、

ダンチェンコ　いいなさい。

ボーイ長　楽屋で夜更けまで台詞の稽古をしているんですよ。のどから血が出るのは毎晩のことで。いまにドッと血を吐いて死んでしまいますよ。

スタニスラフスキー　（興味をもって）どんな芝居を読んでいるの？

ボーイ長　それが、『かもめ』でございまして、オリガさんは、あそこに登場するすべての女性の台詞を、ぜんぶ諳（そら）んじておいでです。

三人、びっくりしている。オリガは「秘密をばらしてしまって」という感じで、ボーイ長を軽く打（ぶ）ったりしている。

ボーイ長　こちらへは、モスクワ演劇界のお歴々（れきれき）が毎日のようにお見えになります。ですから、旅の一座の座長ができるぐらいの、演劇の素養と心得がないと、とてもボーイ長は勤まりません。とはいっても、なにかといえばオリガさんが、「台詞稽古の相手をしてチョウダイ」とおっしゃるのには、正直なところ閉口いたしますなあ。今日の昼休みにしても、『かもめ』のソーリン役をやらされる羽目になりまして。ソーリンというのは、ご存じのように、女優アルカージナの兄さんで……（台詞）「あの子は、お前のつれづれを慰めようと思ったんだよ。」

オリガ　（台詞）「おや、そう？　そんなら、何か当り前の芝居を出せばいいのに、なぜ選（よ）りに選って、あんなデカダンのタワ言（ごと）を聴かせようとしたんだろう。」

スタニスラフスキー　……第一幕だ。

ダンチェンコ　（うなづいて）ニーナの劇中劇が終わってすぐの場面だよ。

マリヤ　しっ、聞きましょう！

オリガ　（台詞）「茶番のつもりなら、タワ言でも何でも聴いてやりましょうけれど、あれじゃ野心満々、――芸術に新形式をもたらそうとか、一新紀元（いちしんきげん）を画（かく）そうとか、大した意気ごみじゃありませんか。わたしに言わせれば、あんなもの、新形式でも何でもありゃしない。ただ根性まがりなだけですよ。」

スタニスラフスキー　このあとのトリゴーリンの台詞がすばらしいんだ。（台詞）「人間だれしも……」

ボーイ長　（横から盗って）「人間だれしも、書きたいことを、書けるように書く。」

オリガ　（台詞）「そんなら勝手に、書きたいことを、書けるように書くがいいわ。ただ、わたしには、さわらずに置いてもらいたいのよ。」（ピアノが「怠けるな」と鳴って、いきなり歌い出す）お悩みごとにはおたばこを……

……困ったときもおたばこを
こころの迷いを　こころのしこりを
煙にしてしまいなさいな

煙の行方を見ていると
ひとりで悩みが消えて行く……

オリガ、歌いながらタバコ売りに行ってしまう。

ボーイ長　台詞がみごとに入っていたでしょう？
マリヤ　（感動している）なんて勉強熱心な女優さんなんでしょう。
ボーイ長　あの熱意は……こう申しあげてはなんですが、どこかで報われてしかるべきでございますよ。
スタニスラフスキー　（うなづいてから）それにしても、自然な台詞回しだったなあ。
ダンチェンコ　しかもその自然な台詞回しの中に、女盛りも終わりにさしかかった女優アルカージナの、物憂げな色気のようなものがにじみ出ていたね。さすがはわたしの演劇学校の出身者だ。

スタニスラフスキー　あの自然さ、あの自由さ……うん、あれが新しい演技なんだな。
ダンチェンコ　（強くうなづいて）それはいえる、断然そういえる。
マリヤ　今日はいいものを見せていただきました。（立ち上がって）先生方の情熱、そしてオリガさんの熱意、いま目のあたりにしたことを、さっそく兄に書き送ります。
ダンチェンコ　あれ、もうお帰りですか。
スタニスラフスキー　食事はこれからなんですよ。
ボーイ長　メニューを申しあげます。まずキンメダイのスープ、新鮮なサケのマリネ……、
マリヤ　女学校の夜間部の授業があります。お針子さんや洗濯場の娘さんたちが、目を輝かせて歴史や地理の授業を聞いてくださるんですよ。
ボーイ長　チョウザメの冷肉と仔牛のワサビ添え……、
マリヤ　教師の本分は、豪華な食事にではなく、授業にあります。ごきげんよう。
スタニスラフスキー　残念だなあ。
ダンチェンコ　せめてそこまでお送りしよう。

二人、マリヤを送って去る。

ボーイ長　（二人の背中へ）キンメダイのスープをご準備いたしておきますよ。

ボーイ長、テーブルの上を片付けているうちに、マリヤの椅子の下に手帳が落ちているのをみて拾う。そこへオリガがやってくる。以下、声を少し落として、

オリガ　ありがとう。おかげで名前と顔を売り込むことができたわ。端役でもいいんだ、舞台に立てたらうれしいな。

ボーイ長　端役ってことはございません。先生方、ずいぶん感激しておいででしたからね。

オリガ　はい、これは売り込みの手数料。（お札を二枚出して）お約束の二ルーブリよ。

ボーイ長　お芝居の専門家の前でお芝居をさせていただいて、そりゃあ楽しかった。半分の一ルーブルでけっこうでございますよ。

オリガ　いいえ、あんなに熱心に売り込んでいただいたんだもの、お約束はお約束よ。

たがいにお札を押しつけ合っているところへ、マリヤが駆け込んできて、見てしまう。見られて固まる二人。

ボーイ長　……これはチェーホワさまのお忘れ物でございますね。（マリヤに手帳を渡して）キンメダイのスープ！

ものすごい勢いで調理場へ去る。

マリヤ　……あなたのあの熱意は、拵えられた熱意だったのですね。見損ないました。

オリガ　こないだのモスクワ報知新聞のチェーホフ先生のエッセイ、お読みになった？

マリヤ　……？

オリガ　先生曰く、「教師の義務は生徒に真理を教えることにあり、医師の義務は患者を治療し、その家族を救うことにあり、ジャーナリストの義務は現実の中で自分が見てきたことを書くことにある。」

マリヤ　もちろん読みましたよ。でも、それがどうかしましたか。

オリガ　俳優の義務はなにかって考えました。すぐ見つかったわ、その答えが。

マリヤ　どんな答えですか。

オリガ　俳優の義務はまず舞台に立つこと、すべてはそこからだって。舞台に立つためなら売り込みだってなんだってやっていい。

マリヤ　乱暴すぎますよ。

オリガ　でも、チェーホフ先生が、わたしにそう教えてくださったの。

マリヤ　……!

マリヤが「……!」となったとき、ピアノが入ってきて、オリガが歌い出して、タバコ売りにどこかへ行ってしまう。

お悩みごとにはおたばこを
困ったときもおたばこを
こころの迷いを　こころのしこりを
煙にしてしまいなさいな

煙の行方を見ていると
ひとりで悩みが消えて行く……

マリヤ、睨み半分、感心半分で見ている。

十　マリヤ

机の上に数冊の書物。メガネをかけたマリヤが授業の下調べをしている。
その上に三枚の字幕。あるいは読み上げ。

①「その年の秋、モスクワ芸術座の最初のシーズンに八本の芝居が上演されたが、ただ一本、『かもめ』だけが空前の大当たりとなった。」
②「初日恐怖症のために劇場に来なかったチェーホフに宛てて、ダンチェンコとスタニスラフスキーは次のような電報を打った。」
③「『カモメ』上演終了ス。大成功ナリ。数限リノナイカーテンコール。我等一同、喜ビニ酔ウ。」

マリヤ、忙しく動かしていた鉛筆を、ふと止めて、兄の大成功を喜びながらも、ふと兆したささやかな疑問を、「どうしたのかしら」で歌う。

(ヴァース)
いま兄さんは　だれもが認める
ロシアで一番の劇作家
だけど　このごろの兄さんは
前と少しちがうような気がする……

(リフレン)
一
大好きなお散歩も
このごろはしないですます
大好きな散髪も
このごろはしないですます

様子がおかしい
かくかくしかじかの

わけがあるはずよ
なんていうか
大好きなものを捨てた
このごろの兄さんは
ちょっとヘンどうしたのかしら

二

大好きなサカナ釣り
このごろはしないで平気
大好きな診察も
このごろはしないで平気

なんだかおかしい
あれこれあれこれの
わけがあるはずよ
なんていうか
大好きなものを捨てた

このごろの兄さんは
ちょっとヘンどうしたのかしら

十一　原稿用紙

四月のモスクワ――マリヤの借りている館(マンション)の二階にある居間とキッチン（見えない）。

マリヤ、机にフワーッとテーブルクロスをかけるところへ、顔のあちこちを小麦粉で白くしたオリガが、葉つきの二十日大根をくわえたままキッチンから飛んできて手伝う。

その上に二枚の字幕。あるいは読み上げ。

①『かもめ』の大成功は、マリヤと芸術座の人たちとを結びつけた。なかでもマリヤは、オリガ・クニッペルと仲よしになった。」

②「『かもめ』でアルカージナを演じて大評判をとったオリガ・クニッペルは、いまやモス

クワ一の人気女優だが、今日も二人はピロシキを作って、仲よく食べようとしている。」

マリヤ　……（キッチンの方へ行きながら）あれ、大根のつまみ食い！

オリガ　塩をふった大根て、おいしいのよ。

マリヤ　わたしも大好き。（キッチンに入りながら）でも、かんじんのピロシキがたべられなくなってしまうわよ。

オリガ　（キッチンへ）パン生地が発酵するまで、まだ三十分はかかるわ。それまでにはまたお腹が空くから大丈夫よ。チェーホフ先生も『海の魔女』という小説の中で、「塩をふった大根は前菜の中でいちばんおいしい」と書いていらっしゃった。あれを読んでからは、毎日、大根に塩をふってたべているのよ。

マリヤ　（葉つき大根をくわえて、皿やナイフやフォークを持って出てくる）『海の魔女』は地味な作品よ。

あんな小説まで読んでくださってるの？

二人、食卓を整えながら、

オリガ　モスクワ中をかけまわって、チェーホフ先生の本を一冊のこらず買いそろえた。先生はわたしの神様ですもの。
マリヤ　兄が聞いたら、真っ赤になって逃げ出すわね。とんでもない恥ずかしがり屋さんなんだから。ピロシキの具(ぐ)はなんにしましょうか。
オリガ　挽(ひ)いた牛肉の炒めものは？
マリヤ　お肉は高いから買ってない。
オリガ　キャベツの炒めものは？
マリヤ　キャベツは、ゆうべたべちゃった。
オリガ　リンゴの甘煮は？
マリヤ　あれも高いのよ。
オリガ　炊いたお米に刻みネギと刻み茹(ゆ)でタマゴをまぜて入れてもおいしいけど。
マリヤ　お米もない。
オリガ　なにか買ってくれればよかったたね。

マリヤ　玉ネギがすこしあったかな。それから塩漬けのキノコ……。（キッチンに入りながら）刻んだキノコと玉ネギの炒めものにしましょうか。

オリガ　（キッチンへ入りながら）楽屋への差し入れでいただいたコーカサスのワインがあるし、キノコのピロシキだし……これはちょっとした夕ごはんね。

二人がキッチンへ入ってしまったところへ、小型の古トランクを下げたチェーホフが入ってくる。そこへすぐ、オリガが出てくる。

チェーホフ、びっくりして、思わずトランクを取り落とす。インク壺、ペン軸、ペン先、手帳、数冊の本、木綿パンツ、靴下、そして無地の原稿用紙（百枚）などが散らばる。

オリガ　（チェーホフとわかって）……！

チェーホフ　こちらは、ルジェーフスカヤ女学院の教師のマリヤ・チェーホワさんのお家……ではありませんね。ごめんなさい。いま退散します。

チェーホフ、散らばったものを必死でトランクへ戻しはじめる。

オリガ　（やっと大根を始末して）チェーホフ先生、ここはそのマリヤ・チェーホワさんのお家。まちがえてはいらっしゃいません。

チェーホフ　しかし、見たこともないひとがいる。

オリガ　（思わず）いやだ、先生。（改まって）去年の夏と秋の二度、先生にお目にかかっています、二度とも、戦場のように忙しい稽古場で、でしたけど。

チェーホフ　……稽古場で？

オリガ　（さらに改まって）このあいだの『かもめ』で、アルカージナをやらせていただいたオリガ・クニッペルです。いま、マーシャとピロシキをつくっているところ……マーシャならキッチンでピロシキの具をかきまぜていますわ。

チェーホフ　（つくづく見ていたが）新人にしてすでに大女優！「モスクワ報知」でそう褒(ほ)められていた、あの、あなたでしたか。

オリガ　はい、そのわたしです。

チェーホフ　マーシャもメリホヴォへ帰ってくるたびにあなたを褒めていましたよ。

オリガ　どんなふうに？

チェーホフ　とても愛くるしい女優さんで、

オリガ　（手鏡を出して顔の粉を落とす）……。

チェーホフ　目をみはるほど才能が豊かで、

オリガ　（さらに粉を落とす）……。
チェーホフ　（肩の粉を払ってやりながら）クニッペルを観たり聞いたりするだけでうっとりする……そう褒めていましたよ。
オリガ　すぐれた詩人の宝石のような言葉を、わたしはただ口うつしにお客さまへお伝えしただけです……（インク壺を拾って）汚いインク壺！
チェーホフ　中学時代から使っています。そいつはサハリンへもフランスやイタリアへも、わたしといっしょに行ってくれたつわものです。（受け取ってトランクに戻しながら）いわば戦友のようなものですね。
オリガ　（ペン軸を拾って）この塗りの剝げたペン軸にも、なにか由緒があるんでしょう？
チェーホフ　これは大学時代からの親友です。

オリガ　（手帳を拾ってパッと開いたところを読む）「三人姉妹」……？

チェーホフ　いま考えている芝居の題名です。

オリガ　三人姉妹か。……（にっこりして）すると、こんどの新作には、少なくとも女優さんが三人は出てくるんだ。（一枚めくって）「桜の園」「オーロラの下で」「ロマンス」……これもお芝居の題名なんですか。

チェーホフ　勝手になかを読まないでください。

オリガ　（手渡して）ごめんなさい。

チェーホフ、原稿用紙を拾い集める。
オリガも手伝う。そこへマリヤが、木鉢の具をかきまぜながら、キッチンから出てくる。

マリヤ　アントーシャ、いらっしゃい。

チェーホフ　……やあ。

マリヤ　モスクワへ出てくるのは来週って、そういってなかった？

チェーホフ　原稿用紙を使い切ってしまったんだよ。それでいつものように、ミュール百貨店の文房具売場へかけつけたわけさ。ところが、いきなりオリガ・クニッペルと名乗るドイッ系の美女が現われたので、びっくりしていたところなんだ。

オリガ　オリガと呼んで。親しい友だちからはクニプシッツといわれています。

チェーホフ　……それは、ま、そのうちに。

マリヤ　（見ていて）改めて紹介することもなさそうね。

チェーホフ　またしばらく泊めてもらうよ。来週、ダンチェンコたちが、わたし一人のために『かもめ』を上演してくれるそうなんだ。

マリヤ　オリガから聞いたわ。わたしも行きます。あれはなんど観ても感動してしまうもの。

オリガ　お客さんを一人も入れない、たった一回だけの上演だけど、ちゃんと衣裳を着てやるんですよ。それから、馬車のわだちの音も、コオロギの声も、釣瓶（つるべ）の切れる音も、ちゃんと入るんです。

チェーホフ　（興味がない）それを観てメリホヴォへ帰る。そのあいだ、そのへんで原稿を書かせてもらいたいが、いいかな。夜は、いつものように、そこのソファで眠ることにするよ。

マリヤ　たしかにここはわたしのアパート、でも、兄さんのモスクワの定宿（じょうやど）でもあるのよ。他人行儀なことばかりいって、このごろの兄さんは、ちょっとヘンよ。

チェーホフ　……おまえがヘンというんだから、ヘンなのかもしれないな。

マリヤ　どこがヘンなの？

チェーホフ　（額に手をあてて）どこなのかなあ。

マリヤ　ウツ病かしらね。

チェーホフ　いや、『かもめ』がうまく行ったらしいので、ずっと気分はいいんだ。

オリガ　今夜、泊めていただこうっと。

マリヤとチェーホフ、一瞬、「？」。

オリガ　三人で『かもめ』のお話ができたら楽しいだろうなと、ちょっとおもっただけ。

マリヤ　そうねえ。今夜はにぎやかにやりましょうか。（オリガに）わたし、寝相が悪いのよ。それでもいい？

オリガ　寝呆けて台詞をいうくせがあるの。おあいこね。

マリヤ　（うなづいて）手を洗ってきます。ワインを飲みながら、パン生地がふくらむのを待ちましょう。

マリヤ、キッチンへ行く。チェーホフ、この間も、紙を拾ったり揃えたりしている。

オリガ　美しい紙ねえ。まるで天使のつばさみたいだわ。

チェーホフ　わたしたちは、あれこれのたわごとをインクにつけて、この紙を黒く汚しているんですよ。

オリガ　一枚、おいくら？

チェーホフ　十八コペイカ。

オリガ　ノートが二冊も三冊も買える！

チェーホフ　でも、考えようでは安いんですよ。一枚にきっちり三十行、文章を書きます。わたしは一行につき一ルーブルずつもらうから、三十行では三十ルーブリになる。

オリガ　百六十倍以上にふえるんだ！

チェーホフ　計算が早いんですね。……まあ、そんなわけで、かげで「ぼろい商売をしていやがる」と皮肉るひとも出てくるわけです。

マリヤ、ワインを持って出て、グラスに注いでいる。

オリガ　でも、ぼろいことにかけては、わたしたちの方がもっとすごいんですから。
チェーホフ　……？
オリガ　だって、元手はただですもの。資本は、このからだだけ。
チェーホフ　冗談もお上手なんだな。
マリヤ　（グラスを掲げて）では、『かもめ』の成功に——
チェーホフ　カンパイ。
オリガ

以下、三人、少しずつ、グラスを干しながら、

マリヤ　モスクワ芸術座に——
チェーホフ　カンパイ。
オリガ
チェーホフ　マーシャの骨折りに——
チェーホフ　カンパイ。
オリガ

マリヤ　ありがとう。
チェーホフ　新人にしてすでに大女優に――
マリヤ　　カンパイ。
チェーホフ
オリガ　うれしい。
マリヤ　兄さんの名作戯曲に――
マリヤ　　カンパイ。
オリガ
チェーホフ　どうもありがとう。
オリガ　先生のペンをしっかりと支えてくれたミュール百貨店特製の一枚十八コペイカの紙に――
オリガ　　カンパイ。
マリヤ

チェーホフ、ガクンと落ち込む。

マリヤ　アントーシャ、どうしたの？

オリガ　わたしなにか、いけないことをいった？

チェーホフ　モスクワ大学の売店の、粗末なリポート用紙は、五十枚綴りで十コペイカだった。

マリヤとオリガ、「？」。

チェーホフ　わが家の生活を支えるために、その安い紙に、わたしは滑稽小説を書き殴っていた。そのときの原稿料は一行五コペイカだった。

マリヤ　一行八コペイカに上がったときは、家中みんなでスラビャンスキー・バザールへ繰り出してお祝いのご馳走をたべたわね。わたしがまだ女学生のころよ。よく覚えている。でもいまや、アントン・チェーホフの原稿料はロシアで一番高い。これ以上は望めないとおもうけど。

オリガ　モスクワ芸術座が先生にお払いした上演料は、売り上げの一割ですってね。これはロシアで最高の上演料……ダンチェンコ先生がそういってらした。

チェーホフ　原稿料ではなくて、原稿用紙の問題なんだ。それが判ってくれたらなあ。

マリヤとオリガ、また「？」になる。

チェーホフ　大学売店の紙を使っていたころは、小説の形式で、なにかボードビルに近いものを書いていたとおもうんだ。やがて、その滑稽小説のいくつかが、「これこそ新しい文学だ」とほめられるようになって……気がつくと、ミュール百貨店特製の、この一枚十八コペイカの紙を使うようになっていた。そのあたりからなんだよ、世間のほめことばに合わせて、いかにもこの高級原稿用紙に似つかわしいブンガクブンガクした小説を書くようになったのは。
マリヤ　……世間のほめことばに合わせて？
チェーホフ　そう。
マリヤ　……ブンガクブンガクした小説？
チェーホフ　そう。
マリヤ　どういうこと？

オリガ、右の対話の途中で、胸の谷間から、活字の詰まった紙を一枚取り出している。

オリガ　（読む）「彼の人物や自然の描写は、つねに簡潔でたくみで美しい。」

チェーホフとマリヤ、「？」。

オリガ　劇団の図書室にあった『現代ロシア作家辞典』のアントン・チェーホフのページ。ちょっと失敬して持ち歩いているの。お守り代わりのつもりよ。（読む）「すっきりしたストーリーから浮かび上がる人生の憂鬱と哀愁は、いつも読む者を涙ぐませずにはおかない。この世のゴミタメを顕微鏡で覗き込み、その中から真珠のような真実を見つけ出す名手。プーシキン賞を受賞した現代ロシア最高の短篇小説家である。」

チェーホフ　そう、それなんです。なにを書いても、その辞典通りの〈最高の短篇小説〉になってしまう。ブンガクに凝り固まりすぎて、もうむかしには戻れないんだ。

マリヤ　凝り固まったんじゃないわ、アントーシャ。兄さんの文学が成熟したのよ。

チェーホフ　少年時代のあの夢は、どこへ消えてしまったんだろう。

マリヤ　……夢？

チェーホフ　一生に一本でもいい、うんとおもしろいボードビルが書きたい！　祈るようにそう願った夢を、わたしはこのミュールの原稿用紙にいかにもブンガクブンガクしたブンガクを書くことで、こわしてしまったんだ。マーシャ、わたしは少年時代をなくしてしまったんだよ。

マリヤ　悲しいことをいわないで、アントーシャ。

チェーホフ　笑いはひとがひとのために作り出すしかない、だからその笑いの作り手になろうではないか！　青年時代のあの夢を、わたしはこのミュールの原稿用紙にいかにもブンガクブンガクしたブンガクを書くことで、こわしてしまっていたんだ。マーシャ、わたしは青年時代もなくしてしまったよ。……このミュールの原稿用紙のせいで、わたしは自分の手で、一生涯で一ばんいい時代を台なしにしてしまった。

マリヤ　兄さんは、家族の生活を背負って、胸には病気を抱えて、文字どおり血を吐きながら、小説と取り組んできたわ。それがどんなにつらくて、尊いことだったか……わたしは心の中でいつも兄さんに手を合わせていた。

オリガ、「ウワーン」と貰い泣きをする。チェーホフとマリヤがびっくりするので、すぐ泣き止む。

マリヤ　……兄さんはたくさんの文学賞をもらいました。ちかぢか全集も出ます。全集はトルストイとドストエフスキーの両先生以来よ。兄さんはなにも台なしにしてません。

チェーホフ　はずかしい。少し取り乱したようだね。このごろ、少年時代や青年時代の自分が、ふとかわいそうになるときがあって、そうなるともうたまらなくなるのさ。

オリガ　突然ですけど……その夢、舞台でお叶えになったらいいんだわ。

チェーホフは「！」、マリヤは「？」。

オリガ　小説をお書きになると、ぜんぶ型通りの〈最高の短篇小説〉になってしまう、それがアントン・パーヴロヴィチにはたまらなくつらいんでしょう？　そう、なにひとつ文句のつけようがない申し分のない古女房だけど、やさしいことばをかけてあげても、りっぱな宝石を買ってあげても、いつも型通りの決まり切った答えしか返ってこないようなものね。それじゃつまりませんわ。それならいっそ舞台という愛人をお持ちになればいいのよ。

マリヤ　そういう次元の話じゃないわ。

オリガ　そう？

マリヤ　……そうおもうけど。

チェーホフ　（感嘆している）オリガ、あなたはおそろしいひとですねえ。『かもめ』の成功を知ってから、わたしの心の奥底にチラッと見えては隠れてしまう、かすかなきざしのようなもの……それがどうしてオリガにわかったのだろう。

オリガ　手帳に「三人姉妹」とお書きになっていた。これはいま考えている芝居の題名だともおっしゃった。そしていまの夢のお話、ピンときたんです。

マリヤ　ピンときすぎよ。「三人姉妹」のことは、わたしも聞いていた。だからまずわたしがピンときて、その次にあなたがピンとくるべきなのに。

オリガ　あまり身近かすぎると、かえってわからない。

マリヤ　そういうもの？

オリガ　そういうものよ。

チェーホフ、そのへんをむやみに歩き回り始めている。

チェーホフ　……どこか遠い地方の、県庁のある町に、三人のあねいもうとが住んでいる。人口十万くらい、陸軍旅団の駐屯地（ちゅうとんち）にしよう。そうすれば軍楽隊が使える。ボードビルには音楽が付きものだ。……もうミュールの原稿用紙は使わないぞ。

マリヤ　アントンがお芝居を考えてる。

オリガ　（思わず）がんばれ、アントン。

マリヤ　シーッ。

チェーホフ　三人ともモスクワの生まれ、両親はすでにない。
オリガ　（すでに涙声で）かわいそう。
マリヤ　邪魔しちゃだめよ。
チェーホフ　それぞれが、自分の生活に問題を抱えている。（フフフと笑って）それが善良すぎてバカな娘たちで、足元を見ずに、モスクワへ帰ることができれば問題はすべて消えてなくなると思い込んでいる。そうやってモスクワにあこがれているうちに、自分たちの住む家を失って、三人はバラバラになってしまう。
オリガ　（泣いていて）三人をしあわせにしてあげて。おねがいよ、アントーシャ。
チェーホフ　辛味(からみ)のきいたボードビルにしたいんだよ、クニプシッツ。

愛称で呼んで自分でもびっくりしているチェーホフとオリガ。
マリヤ、一瞬、棒立ちになって二人を見ているが、すぐ、

マリヤ　パン生地がふくらんだころよ。さあ、三人でピロシキの皮をのばしましょう。

マリヤ、勢いよく、しかし怒ったふうに、キッチンへ歩き出す。

十二　愛　称

ヤルタの夏——チェーホフ家の居間にまで降りそそいでいる蟬の声。

その上に三枚の字幕。あるいは読み上げ。

①「愛称が愛にまで高まって、やがて二人は結婚した。その結婚の前に、チェーホフは結核保養地としても知られるクリミア半島のヤルタへ移り住んだ。」

②「妻はモスクワで女優生活、夫はヤルタで執筆生活——。チェーホフはモスクワへ三日に一通の割合で手紙を書いた。その手紙は公開されたものだけでも四百三十三通におよぶ。」

③「手紙の冒頭はいつも、チェーホフらしい、気のきいた呼びかけで始められている。たとえば、わたしのいとしい可愛いひと……というように。」

チェーホフ、そのへんを歩き回っているが、そのうちに、ハッと入口をふりかえる。オリガ、旅装で立っている。トランク二個。

オリガ　アントーンチク、ただいま！

チェーホフ　やあ、すてきな奥さん、わたしの喜びさん、黄金（おうごん）五十キロのかたまりさん、世に並びなき女優さん、血色のいい赤ん坊（ぼ）さん、明るい明るいともしびさん、目に美しいスカートさん、タフでたくましいドイツ娘さん、返事をくれないひとでなしさん、かわいくクダ巻く酔っ払いさん、

オリガ、呼びかけに答えながら、途中で一室へ入る。チェーホフ、その入口の前で呼びかけつづける。

チェーホフ　とにかくこの腸には困りもので、どうにもこいつだけはおさまらない、日に五回もトイレに駆け込まなきゃならないんだと嘆く夫をいつもはげましてくれる賢いシェパードさん、

チェーホフ、部屋へ入る。

チェーホフ　いとしい、やさしい、すてきな、かわいいひと、

オリガ、ほとんど入れちがいで出てくる。到着したときとは別の旅装。やはりトランク二個。
晩年チェーホフ、呼びかけをつづけながら、つづいて出てくる。

チェーホフ　わたしの掛け替えのない半身さん、尻尾のない小馬さん、まぶしいほどの魅力さん、かわいい小さなおへそさん、うつくしい音色のタテ琴さん、二人といない戦友くん、

オリガ　こんどはモスクワで会いましょうね。たのしかったわ、アントーンチク。

オリガ、手を振って去る。チェーホフの呼びかけはまだ終わっていない。

チェーホフ　目をみはるようなわたしの女優さん、きみのちっちゃな肩と、背中と、首を引っ掻いて、口づけするよ、おかえりなさい。

チェーホフ、目の前の空気をゆっくり抱きしめる。

十三　病床の道化師

初夏のモスクワ——近くの公園から郭公（かっこう）の声も届く高級な館（マンション）の三階にあるオリガの家の居間（両隣の寝室とキッチンは見えない）。チェーホフの仕事机がある。ほかにソファと椅子と小卓。

その上に三枚の字幕。あるいは読み上げ。

①「『三人姉妹』が決定打となって、チェーホフとモスクワ芸術座の名はヨーロッパに、世界にとどろきわたった。だが、病いという名の黒い影もまた、そっと忍び寄っていた。」

②「そのころ、オリガが流産から腹膜炎をひきおこして重態におちいる。チェーホフは夫として医者として必死に看病した。だがじつは、看病が必要なのはチェーホフの方だった。」

③「彼の肺を二十年近く喰い荒らしていた結核菌がいまや腸のいたるところに入り込んでいる。医学部の恩師オストロウーモフ教授が、主治医を引き受けてくれることになった。」

マリヤ、キッチンから洗面器とタオルを持って出て小卓に置く。教授、寝室から診察鞄を抱えて出てくる。

マリヤ　先生、どうぞお手を。クレオソートを五、六滴たらしてあります。

オストロウーモフ　それはありがとう。(手を洗いながら) アントンには、一日につき、タマゴ八個とハム二百グラムをすりつぶしてたべさせてあげてください。ドロドロの糊のようにしてですよ。

マリヤ　はい。(タオルを手渡しながら、少し声を落として) 胃腸が……いけなくなっているんですね。

オストロウーモフ　（うなづいて）結核が腸にひろがって、大腸カタルをおこしている。痔もひどい。目も悪い。歯もボロボロです。それから気管支炎に左脚の静脈炎……（ためいき）まるで病気の百貨店です。

マリヤ　自分もお医者なのに……どうしてそこまで放っておいたのでしょうか。

オストロウーモフ　自分のことはわからないものですよ。自分の背中を見た人間がいないのと同じことです。しかしふしぎだ。

マリヤ　……ふしぎ？

オストロウーモフ　彼には気力がある。いまも、「つぎの芝居で頭がいっぱいです」といってましたな。（タオルを返しながら）……ここをしのげれば、なんとかなるかもしれない。

マリヤ　はい、先生。

オストロウーモフ　タマゴとハムのペーストですが、そりゃあ、まずい。すこし塩あじをつけてあげてください。

マリヤ　（うなづいて）ありがとうございます。

オストロウーモフ　（ふと）アントンは辛いものが好きでしたね。

マリヤ　わさび大根などは、どっさりたべます。

オストロウーモフ　（遠くを見て）医学部裏の安食堂……ウワッとたかってくる蠅を、かじりかけのわさび大根で追い払いながら、何時間も議論をしましたっけ。恋愛談議になると、アントンはいつも、「ぼくは独身主義を通します」と力説していましたな。

マリヤ　……独身主義、ですか？

オストロウーモフ　（うなづいて）結婚して家族ができる、これはすばらしいことだ。しかし同時に、のっぴきならない現実が生まれる。この世でリアルなものは、この現実だけです……というのがアントンの持論でした。わたしは結婚したてでしたからギョッとなりました。

マリヤ　お茶は、いかがでしょうか。

オストロウーモフ　ありがたい。いただきますよ。

マリヤ、キッチンに入る。オストロウーモフ博士、キッチンのそばで、

オストロウーモフ　アントンの説はこうでした……宗教も資本主義も社会主義も、いや、国

家でさえも、みんな人間が頭の中でこしらえた紙細工のようなもの、そんなものは頭をブルブルッと、ひとふりするだけで、どっかへ飛んで行ってしまう。しかし現実の生活はちがう。いやでも押し寄せてくる毎日、食べなければならぬという現実、これだけはのっぴきならないものであって……、

オストロウーモフ、マリヤから紅茶茶碗（受皿つき）を受け取って一口、呑んで、

オストロウーモフ　……生き返ったような気がしますなあ。あ、わたしが云いたかったのは……辛いものはいけない、とくにわさび大根はぜったいにいけませんよ。

マリヤ　わさび大根はわかりました。……いまの兄の説は、それからどうつづくんでしょう。

オストロウーモフ　たしかこうでしたよ。食べなければならぬという現実と戦うために、つまり家族のパン代を稼ぎ出すために、心ならずもウソをつき、自分が悪くないのにペコペコ頭を下げ、理由もなく他人にあなどられ……つらくて悲しくて不愉快な思いをしなくてはならない。そこで、その憂さを慰めるためにウオッカで酔っ払ったり、カードゲームにうつつを抜かしたりして、どんなに清らかで誠実なひとも、やがてすっかり俗物になってしまう。俗物の俗な毎日、そんな人生はこっちから願い下げだ。となると、独身で通すしかない……とまあ、こういう説でした。

マリヤ　それなのに、どうして結婚したのかしら。

オストロウーモフ　あのクニッペルさん、舞台では気品があって、それでいて妙に仇っぽくて、思わずゾクゾクしてしまいますな。ところがその素顔ときたらどうです。おしゃまな女の子そのもので、わたしなどには、どんなふうにお話ししていいのかさえわかりません。この、なんだかわけのわからないところが、アントンにはいいんでしょうな。

マリヤ　……はあ。

チェーホフ　先生にサイン本をさしあげなくちゃいけませんね。

チェーホフ、オリガの肩をかりるようにして、寝室から出てくる。シャツとズボンの上にガウン。杖をついて左脚をかばっている。

オリガ、ブラウスとロングスカート、その上からガウン。手にチェーホフの本を持っている。

オストロウーモフ　あすから、大学への行き帰りにここへ寄らせていただく。だから気分のいいときでいいんだよ。

チェーホフ　気分がいいんです。恩師に打診棒で叩いていただいたのが効いたんですよ。ちょっとお待ちください。

オストロウーモフ　それは光栄だ。家宝にしますよ。

チェーホフ、机に坐って、オリガがおいてくれた本の扉を開き、鼻メガネをかける。
マリヤ、紅茶茶碗をキッチンへ下げに行くが、すぐ戻ってきて、以下のやりとりを聞いている。

オリガ　（にこにこして見ながら）アントンがペンをしっかり持っている！　（オストロウーモフに）もう仕事ができますよね。

オストロウーモフ　（緊張して）からだの手入れさえすれば、なんだって持てるようになります。

オリガ　みんながアントンの原稿に望みをかけているんですよ。

オストロウーモフ　ペーストをちゃんと食べても

らうことに望みをかけていますよ。ペーストから道がひらけるんですよ。

オリガ　……「桜の園」と、題名も決まってますのよ。

オストロウーモフ　そこの公園を散歩しても息が切れないようになったら、そのすばらしい題名を書いてもらいましょう。

オリガ　……こうしていろいろうかがっているのは、わたしが原稿の取り立て役に任命されたからですけど。

オストロウーモフ　そのためにも、メガネをかえなければなりませんぞ。

オリガ　もう切符の申し込みがきてますの。

オストロウーモフ　歯医者さんに聞いてからの方がいいですな。

オリガ　（チェーホフに）大学の先生って、どうしてちゃんと答えてくださらないの？

チェーホフ　（献辞を考えながら）近くで女優さんを見るのが初めてだからじゃないのかな。

オリガ、机の上の吸取り台（パッド）を持って、チェーホフのサインを待ちながら、

オリガ　そういうものかな。

マリヤ　ヤルタのお医者さまは、アントンのような病人に、冬のモスクワは危険だとおっしゃっています。どうお考えになりますか。

オストロウーモフ　アントンが冬のモスクワで暮らすのは、火薬庫の中でタバコを吸うようなもので、たちまちバーン！　……だれか、アントンに冬のモスクワで暮らすようにといっているんですか。

マリヤ　（静かに）それがいるんです。

チェーホフ、サインを終えて、オストロウーモフにさしだす。

チェーホフ　お待たせしました。どうぞ。

オストロウーモフ　おお……！　（受け取って、献辞を読む）「二十年前は教室で、こんどは病床で、先生にはお世話になりつづけています。恩師オストロウーモフ医学博士へ感謝をこめて。アントン・チェーホフ」……！　ありがとう。

チェーホフ　先生、あしたまたおねがいします。

マリヤ　ありがとうございました。

オストロウーモフ　ありがとう！

オストロウーモフ、本にキスをしながら出て行く。マリヤ、送り出してから、

マリヤ　兄さんは席を外して。オーリャと……オリガと、話したいことがあるの。

チェーホフ　ベッドはあきた。ここで（ソファで）しばらくぼんやりしていたいんだがね。

マリヤ　それなら耳をふさいでいて。

オリガ　マーシャ、お手伝いにきてくれたのはありがたいけど、かたくるしい話はいやよ。わたしも病みあがりなんだしね。

マリヤ　その病気はどこからきましたか。

オリガ　（ガクンと沈んで）ペテルブルグ公演の千秋楽のすぐあとに悲劇はおこった。あのときのわたしの、悲しい情けない切ない苦しい気持……どうぞ察してね。

マリヤ　わかります。でも……それでも、今日はいわせてちょうだい。ペテルブルグのお役人たちと、ジドーシャとかいう機械馬車に乗ってピクニックへ行ったでしょう。モスクワの新聞にも大きく出てました。

オリガ　（チェーホフに）いまは街の中、と思う間もなく山の中、山の中だなと思っているうちに、もう海岸。石油くさいのとガタガタ揺れるのにさえ目をつぶれば、あれはなかなかステキな乗り物よ。（マリヤに）劇団を、また、招んでもらうために、ドライブにもつきあうの。女優は宣伝部員もかねているんです。

マリヤ　ガタガタドライブで流産したその三日あとに、もう、パーティでさわいでいた。やはりモスクワの新聞で読みました。夜明けまで飲んで歌って踊るのドンチャンさわぎ……

腹膜炎にもなります。

オリガ　あのときのあの痛み……なによりもアントンに申しわけない。……ああ、マーシャ、察してちょうだい。

マリヤ　（さすがに、うなづいて）自分の軽率さから出たとはいえ、おなかの子をなくし、そのあとも病気で苦しむだけ苦しんだオーリャ……たいへんだったわね。

オリガ　ありがと。商いのモスクワ、お役所のペテルブルグ、わたしたちはこの二つの街にもっと根をおろしたいのよ。そのためにはペテルブルグにも知り合いをふやさなくちゃ。好きで騒いでいたわけじゃないのよ。

マリヤ　けれどね、オーリャ。もっと自分を大事にしてあげて。それがアントンを大事にすることにもなるんですからね。あなたの看病でアントンは体力をすっかり使い果たしてしまいました。そこのところをわかってちょうだい。もう一つ……、

オリガ　まだあったの？

マリヤ　アントンを冬のモスクワに住まわせるのはやめてね。

チェーホフ、びっくりして身を起こす。

マリヤ　アントンに冬のモスクワの寒さは禁物よ。だからこそ、冬でも外套いらずのヤルタ

に移ったのよ。

オリガ　どうしてわかった？

マリヤ　ここから五軒先の不動産屋のおじさんにさっき、「やあ、クニッペルさんの義妹さん！」と呼びとめられたの。おじさんはこういってた、「お探しの冬の別荘ですが、郊外のツァリツィーノに、いい出物がありました。値段は一万ルーブリ、お買い得ですよ。お義姉さんにそうお伝えください」って。

オリガ　（チェーホフに）いつもいっしょにいたいのよ。それで、別荘を買って、それから説得しようと思っていた。この秋のシーズンから、年俸が三千四百ルーブリに上がるのよ。それならわたし一人でも買える。

チェーホフ　オリガ、冬のモスクワは演劇の街になる。だから女優のきみはモスクワにいなければならない。それはわかりますね。

オリガ　……ええ。

チェーホフ　一方のわたしは、冬をヤルタですごさなくてはならない。冬のモスクワの寒さがからだにさわるからだ。だから、冬は北と南で別べつに暮らす。二人ともそう望んだはずですよ。

オリガ　でも、わたしが舞台を捨てさえすれば……いつもいっしょにいられるのに。

マリヤ　そのときこそ、兄さんたちはほんとうの夫婦になれるんだわ。

オリガ　アントン・チェーホフ……このすぐれた作家のしあわせのために、全身を捧げるべきなのかもね。

マリヤ　そのときは、秘書役もマネージャー役も家政婦役もぜんぶ、よろこんであなたにさしあげるわね。

チェーホフ　二人ともまちがってますよ。

マリヤ　……？

オリガ

チェーホフ　「女優オリガ」から女優を引いてごらん。きみはただの脱け（ぬ）がらです。きみの人生は台なしさ。また、きみの人生を台なしにした責任を、わたしが背負うことになって……やがてその責任の重さにたえられなくなるにちがいない。

オリガ　「あんたのために舞台を捨てたのよ」って、どなるかもしれないわ。「わたしの人生を返してちょうだい！」……そうもいいそう。

チェーホフ　いさかいをくりかえしているうちに、きみもわたしもすっかり俗物に成り下がってしまいます。俗物の俗悪な日常生活……ああ、とてもたえられない。

オリガ　……看病していただいているとき、ふと、冬のお芝居のシーズンをあなたとすごせたらいいなと夢みたいなことを考えたの。（マリヤに）……不動産屋さんにはすぐ断りを入れます。（チェーホフに）……その夢というのはね、ひとつところに住んで、午前中のあなたは書き物をなさる、わたしは家の中をピカピカに磨きあげる。午後のわたしは、毛皮外套をゆったりと着込んだあなたと腕を組んで雪の繁華街をお散歩……、

チェーホフ　……毛皮外套？

オリガ　（うなづいて）お散歩のあとで、わたしは劇場に入る。お芝居がはねたあとは、みんなでどっとスラビャンスキー・バザールへ繰り込んで夜ふけまでにぎやかなお食事……これ以上のしあわせは、この世では考えられないわ。

チェーホフ　いいなあ、毛皮外套は！

マリヤ

オリガ　……？

チェーホフ　生まれてこのかた、毛皮外套を自分のために誂えたことがなかった。だからここで、少しばかり贅沢をしてもいいとおもうんだが、これはいけないことかな。せっかく誂えるのなら、まず空気のように

軽いものでなくてはならない。次に大切なのは襟だ。模造皮やネズミの皮ではだめ、お金はかかってもホンモノの毛皮でなくてはね。帽子もホンモノの毛皮にしよう。なにより大切なのは「ゆったり感」だな。袖も裾もうんと長くする。（二人に）ミュールあたりでつくらせると、帽子込みで四百ルーブリは取られそうだが、これもいけないことかな。これから七、八年、五十歳ぐらいまで着るなら、もとはとれるとおもうんだ。

オリガ　冬のモスクワにいてくださるのね。

チェーホフ　毛皮外套できみとお散歩するのさ。

オリガ　うれしい！

マリヤ　兄さんの冬はヤルタです。

オリガ　ヤルタより毛皮の方が暖かそうよ。

マリヤ　（強く）さっきのお説教はどうなりますか。

チェーホフ　（制して）オーリャといっしょに劇場に入って、スタニスラフスキーめがけて思い切り毛皮外套を投げつけてやりたい。ヤルタにいたのではそれができないんだよ。

オリガ　どういうこと？

チェーホフ　あいつはわたしを、すっかり泣き虫作家にしてしまった。そのお返しさ。

マリヤ　わからないわ。

チェーホフ　『三人姉妹』はボードビルです。それがどうだ、あいつはお涙チョウダイのおセンチな抒情劇にしてしまったじゃないか。

オリガ　でも、やっていて、ひとりでに泣けてくるんだもの、悲劇にきまってるわ。

マリヤ　ボードビル劇場の拍手とはまるでちがうのよ。パチパチじゃなくてビシャビシャ、涙でぬれたハンカチを持ったまま拍手をなさるから、しめった音になるの。

オリガ　それが十分も十五分もつづくの。

マリヤ　「作者を出せ！」の大合唱もつづくの。

チェーホフ、勢いに圧(お)されているところへ、オストロウーモフがくる。

オストロウーモフ　（息を切らせて）文芸界の、巨人が、お見えですぞ。

三人　……？

オストロウーモフ　人生の教師と呼ぶひとも多いようだが、じつは、わたしの古くからの患者さんで、先ごろ肺浸潤(はいしんじゅん)をなさったばかりです。

マリヤ　どなたがお見えになるんですって？

オストロウーモフ　偉大な思想家がお見えになる。

オリガ　ですから、どなたですって？

オストロウーモフ　現代文明に対する批判者が、いま、二階の踊り場でひと息ついておいでになります。すぐそこの角で馬車がすれちがいましたから、「どちらへ」とおたずねすると、「アントンくんを見舞いに」とおっしゃる。それでお供をして戻ってきた……なにせもうお年ですし、病気の治りぎわによくあることですが、一種の躁状態がつづいています。おしゃべりをはじめると止まりません。それもあってお供をしてきたわけですな。

オリガ　（チェーホフに）大学の先生って、どうしてちゃんと答えてくださらないの？

チェーホフ　（制して）文芸界の巨人で、人生の教師で、偉大な思想家……（オストロウーモフに）まさか、トルストイ先生ではないでしょうね。

オストロウーモフ　（うなづいて）そのレフ・ニコラエヴィチがお見舞いに見えたんだよ。

チェーホフ　それは、光栄というか、なんというか……。

マリヤ　手を引いてさしあげなくてはね。

オストロウーモフ　いや、スタニスラフスキーさんがレフ・ニコラエヴィチのお尻を押しておいでだ。有名な演出家なのに、なかなか気さくな方ですな。

マリヤ　オーリャ、このへん、片づけて。

オリガ　マーシャ、お茶をおねがいね。

マリヤ、キッチンへ。オリガ、そのへんのものを片っぱしから寝室へ放りこむ。そして、いくつか抱えて寝室へ入る。チェーホフ、ガウンの着つけをなおしたりする。

トルストイ　アントンくんの病い重し、スタニスラフスキーくんから、そう聞いてやってきたんじゃよ。

トルストイ、スタニスラフスキーに手を引かれてくる。白い農民服にベルトは縄。長い杖と、めちゃくちゃに長い白いヒゲ。スタニスラフスキーは背広上下。

スタニスラフスキー　トルストイ先生の傑作戯曲『闇の力』、その上演許可をお願いに上がったところ、『三人姉妹』の作者の噂が出ましてね。面会謝絶ですからと、なんども申しあげたのですが、どうしてもとおっしゃるので、ご

案内しました。

チェーホフ　ようこそ、レフ・ニコラエヴィチ。クリミアの別荘へお伺いして以来ですね。お元気そうでなによりです。

トルストイ　きみは元気がなさそうで心配じゃ。

作家二人は、ロシア式に抱擁し合う。

チェーホフ　今日は気分がいいんです、こうして起きていることができるくらいですから。ともあれ、あなたの友情に感謝いたします。

トルストイ　うむ、わしの、きみへの友情は、きみがいま考えているものより百倍も厚いんじゃよ。

チェーホフ　……はあ。

トルストイ　わしはね、人生とは拷問室（ごうもんしつ）だと考えておる。

チェーホフ　……なるほど、痛めつけられて苦しむ、それが人生だとおっしゃるんですね。

トルストイ　だから、きみが苦しいのは当然のことじゃね。

チェーホフ　当然とおっしゃっても……そうとう苦しいんですよ。

トルストイ　その苦しみを和（やわ）らげる方法はある！　それを、わしは、簡潔に、十二ヵ条にまとめあげた。今日は、その十二ヵ条をアントンくんに伝授するためにやってきたのじゃ。なにかの助けになるかもしれん。

チェーホフ　助かります、ぜひご伝授を。

オストロウーモフ、スタニスラフスキー、それぞれ手帳を出して、メモの準備をする。

トルストイ　では――。万事において、もっと不幸になったかもしれないのに、この程度ですんでよかったとおもうことじゃね。

チェーホフ　……はあ？

トルストイ　脳みそに、この程度でよかったと思い込ませると、苦しみは和らぐものじゃ。これしかないよ。

チェーホフ　……ま、深い教えである、とはおもいますが。

トルストイ　第一条、指にトゲが刺さったら、「よかった、これが目じゃなくて」とおもうこと。

三人、かすかによろける。

トルストイ　第二条、泥棒に入られて、金を盗られたら、「よかった、命まで盗られずにすんで」とおもうこと。第三条、ピロシキの中に釘が入っていたら、「よかった、これが毒じゃなくて」とおもうこと。

オストロウーモフとスタニスラフスキー、トルストイを連れて帰るための相談を、小声ではじめている。

チェーホフ、目をつむって我慢している。

トルストイ　第四条、なにかの理由で警察に連れて行かれることになったら、「よかった、連れて行かれる先が死刑台ではなくて」とおもうこと……。

マリヤ、キッチンからお茶を持って出る。同時にオリガ、寝室から椅子を持って出る。

マリヤ　いらっしゃいまし、レフ先生。お茶をどうぞ。

トルストイ　おお、これはアントンくんのかわいらしい妹さん。これからも病弱な兄さんをしっかり支えてあげなさい。

マリヤ　はい。神様が、レフ先生に、永遠の寿命をお授けくださいますように。

トルストイ　ありがとう。第五条……

オリガ　よくおいでくださいました、レフ・ニコラエヴィチ。こちらの椅子の方がお楽ですわ。

トルストイ　おお、ありがとう。おや、その美しい眉のあいだのタテジワはどうしたことじゃ。

オリガ　病みあがりのせい……いいえ、じつは、つい先ほどまで、『三人姉妹』というお芝居をめぐって、作者と口論をしておりました。眉のタテジワはそのせいですわ。

トルストイ　『三人姉妹』は、わしも拝見したよ。しかし、夫婦のあいだで口論はいかんな。そんなヒマがあるなら、子どもをつくりなさい。わしは……早死にしたかわいそうな子どもをふくめてじゃが、子どもを十三人もつくった。子どもができなくなってからじゃよ、妻とはげしく口論するようになったのは。第五条……

スタニスラフスキー　トルストイ先生、ちょっとお待ちを。（オリガに）『三人姉妹』について、どういう口論

があったんですか。ぼくにも関係がありますか。

オリガ　……大ありよ。

スタニスラフスキー　大あり……？

チェーホフ　それは、わたしからじかに。……きみはわたしの上等なボードビルを、おセンチな紙芝居に堕落させてしまいましたね。ついでにきみは、きみんところの商売物の金モールで、わたしの胸に「泣き虫で弱虫で退屈な作家」と飾り立てました。わたしは、かなり腹を立てていますよ。

スタニスラフスキー　チェーホフ先生には、耳がないんですか。

チェーホフ　耳だけは健康そのものですよ。

スタニスラフスキー　それなら、あの拍手が聞こえたはず、永遠につづくかもしれないと思ったほどの、あの嵐のような拍手が。

オリガ　（スタニスラフスキーに）わたしの詩人先生に、接骨医の話をしてあげて。

チェーホフ　……接骨医？

スタニスラフスキー　カーテンコールで手を叩きすぎて、手首を痛めるお客さまが、毎日、二人か三人は、かならず出ていたんです。そこでダンチェンコとぼくは、劇場に接骨医を待機させるようにしました。二週目からは、眼科のお医者も手配した。泣きすぎて目の不調を訴える方がつづけざまに出たんです。

チェーホフ　アゴの専門医師を手配するくらいでなきゃいけなかった、笑いすぎてアゴを外すお客さまのためにね。あれはボードビルです。涙はいらない。

トルストイ、台詞の切れ目に口を挟もうとして出来ずにいる。マリヤ、とりなして、

マリヤ　（みんなに）レフ先生の十二ヵ条、まだ終わっていないんですよ。

トルストイ　（よろこんで）第五条、どろどろの泥んこ道で転んだら、「よかった、ぐらぐらと煮え立った熱湯の中じゃなくて」とおもうこと。第六条……

スタニスラフスキー　（勢い込んでチェーホフに）ぼくはテキストの忠実な下僕でした。一字一句も変えていない。だから、ぼくの言いたいことはこうです、作者はボードビルを書いたつもりだったが、戯曲の本質そのものは美しい抒情詩だった、と。

オリガ　（拍手）ブラボー！

チェーホフ　それならば、わたしの言い分を整理してみよう。（思いついて）第一条！

トルストイ　（思わず）「指にトゲが刺さったら、『よかった、これが目じゃなくて』とおもうこと。」……あれ、前に云ったんじゃなかったかな。

チェーホフ　先生の方法をお借りしますよ、とても便利そうですから。……第一条、スタニスラフスキー演出には「思い入れ」が多すぎる。たとえば、第四幕を書き上げたとき、わ

たしは声に出してゆっくりゆっくり読んだ。所要時間は四十五分だった。それがどうです、きみたちはわたしの二倍も、一時間半もかけている。あれがボードビルのテンポですか。

オストロウーモフ　観客としての第一条、作者の意見に同意する。（スタニスラフスキーに）ずいぶんあちこちに、間のびして退屈な箇所がありましたよ。（トルストイに）あなたの方法は簡潔で、とてもいいですね。

トルストイ　わしのやり方を使うのはかまわんが……（マリヤに）わしは何条まで云ったんだっけね。

マリヤ　第五条まで。これから第六条です。レフ先生、がんばって。

トルストイ　（うなづいて）第六条……

チェーホフ　第二条、スタニスラフスキー演出には「効果音楽」が多すぎる。軍楽隊はのべつ幕なしにブンブカブンブカやっているし、アンドレイはバイオリンをキーキー弾いてばかりいるし、トゥーゼンバフはピアニストのできそこないで、将校たちはまるでギター学校の生徒のようです。

オストロウーモフ　（大きくうなづいて）観客としての第二条、演劇は音楽会ではない。

スタニスラフスキー　（ぶるぶる震えている）……。

オリガ　（なぐさめて）再演のときの参考にしましょうよ……ね？

スタニスラフスキー　（震えながら、うなづく）……。

トルストイ　（そのすきに）第六条、妻に裏切られたら、「よかった、彼女が裏切ったのが祖国ロシアじゃなくて」とおもうこと。（マリヤに）やったよ。

マリヤ　おみごとでしたね。

トルストイ　（余勢を駆って）第七条……

チェーホフ　第三条、スタニスラフスキー演出には「かんちがい」が多すぎる。きみは演出を兼ねながら、砲兵旅団長のヴェルシーニン中佐を演じていましたね。

スタニスラフスキー　……「あっぱれ名優」という評判をとりました。

チェーホフ　たとえば、第一幕——。きみが登場して間もなく、長い台詞がある。「二百年、三百年後の地上の生活は……」というところです。ちょっとやってみてください。

スタニスラフスキー　ここまで侮辱されて、ですか。

チェーホフ　あそこから、きみの「かんちがい」が始まったんですよ。どうぞ。
スタニスラフスキー　（震えを抑えようとしている）……。
トルストイ　第七条、恋人にふられたら、「よかった、女性が彼女一人じゃなくて」とおもうこと。（マリヤに）またやったよ。
マリヤ　すっかりコツをおつかみになりましたね。
スタニスラフスキー　（抒情詩でも読むように）「二百年、三百年後の地上の生活は、想像も及ばぬほど素晴らしい、驚くべきものになるでしょう。人間にはそういう生活が必要なので、よしんば今のところそれがないにしても、人間はそれを予感し、待ち望み、夢み、その準備をしなければなりません。」
オリガ　三人姉妹の真ん中、わたしの演じた人妻が、いまの長台詞を耳にして、中佐にひと目で恋に落ちるのよ。でも、二人を待っていたのは、かなしい別れでした。（チェーホフに）やはりあなたは天才よ。
トルストイ　第八条……
チェーホフ　おろか者ですよ、二人とも。
トルストイ　……！
チェーホフ　わびしいつまらない日常生活から逃げたい一心で、泣きごとを並べて、二百年、三百年後の美しい未来を夢みている……これはおろか者のすることですよ。（スタニスラフスキーに）だからこそ、きみにはカッコのいい中佐どのではなく、口だけ達者なバカ中佐をやってもらいたかった。

スタニスラフスキー　むずかしいダメ出しだ。

チェーホフ　わたしが観た日のオリガは、風邪で声が出ていなかったね。

オリガ　だから、身振り手振りのてんてこ舞いでやりました。

チェーホフ　とてもよかった。

オリガ　（なにか身振り手振りをして）こういうのがいいの？

チェーホフ　それこそボードビルですよ。

スタニスラフスキー　そうか。再演するときは、俳優のみなさんに、「風邪を引くように」と、ダメ出しすればいいんですね。

みんなが笑ったそのすきに、

トルストイ　第八条、タバコの火で洋服を焦がしたら、「よかった、家じゃなくて」とおもうこと。（マリヤに、得意そうに）どうだね。

マリヤ　（事務的に）よかったですね。（チェーホフへ、真剣に）兄さん……美しい未来を夢みることは、そんなにいけないことなの？

チェーホフ　いけなくはないが……わたしたちがうっとりと美しい未来を語っているうちにも、狡(ずる)がしこい人たちが、現実を、きたない、みにくいものに変えてしまうんだ。だから、いつまで待っても、その美しい未来はやってこない。
オストロウーモフ　そうすると……いったいどうすればいいんだね。
チェーホフ　明日の生活を楽しく力強いものにするために、今日、すこしの勇気とすこしの愛で生活の方向を変えてみる。いかがですか。
オストロウーモフ　だが、どの方向へ変えるんだね？
チェーホフ　笑う生活の方へ。
トルストイ　第九条！
チェーホフ　もうやめにします。ただ、わたしが観た日に目の前に現われたのは、未来を夢みましょうというだけの感傷劇でした。もっと笑いがほしい。それが不満でした。
トルストイ　（大声で）わしはもっと不満じゃ。

みんな、びっくりする。

トルストイ　きみは、わしの出鼻(でばな)を挫いてばかりおる。これで四度目じゃよ。
チェーホフ　……あ、ごめんなさい。

トルストイ　ついでに云っておくが、『三人姉妹』は抒情詩の傑作じゃ。
チェーホフ　……それはどうも。
トルストイ　しかし、ドラマではない。主人公も筋書きもテーマもない。あったのは、ポエムと楽器の音だけじゃ。
スタニスラフスキー　ピストルの音もありましたよ。
トルストイ　舞台の裏で一発鳴るだけでは、だれも驚かんよ。ドラマというものはね、主人公が出発点に立つところから始まることになっておるのじゃ。かなたには到着点がある。主人公はその到着点に向かって危険を冒(おか)して突き進み、ようやく到着点にたどりつく。出発から到着へ――この間の主人公の行動と人生がドラマじゃ。ところが、きみの芝居はすべて、主要人物が到着するところから始まって、出発するところで幕になる。まったく逆立ちしておる。そんなものがドラマであるはずがない。どうじゃ、まいったか。
チェーホフ　舞台の上に人間の運命を再現する、これがドラマだとおもっています。
トルストイ　……なんじゃと？
チェーホフ　わたしたち人間は、なにもない「無(む)」というところから、この世に到着して、やがてまた、なにもない「無」へ出発します。だから、わたしの戯曲は、到着から始まって、出発で終わらなければならないのです。
トルストイ　（唸って）……むむ、まいった。

マリヤ　（助け舟）レフ先生、第九条からです。
トルストイ　……む？
マリヤ　先生の十二ヵ条ですよ。
トルストイ　（ふらふらとなって）……カッとなったとたんに忘れてしまったわい。
オストロウーモフ　これはいかん。レフ・ニコラエヴィチは、このところ血圧がお高いのだ。

オストロウーモフ、トルストイに駆け寄って脈をとる。

スタニスラフスキー　トルストイ先生、ご自宅までお供しますよ。
マリヤ　わたしも階下（した）までお見送りを。
オリガ　ごきげんようあそばせ。
トルストイ　（みんなを振り切って）アントンくん、芝居であまり血を荒らしたまうなよ。ボードビルがどうしたのこうしたのと気をつかいたまうな。（威厳をもって）いくらじたばたしたところで、人間というものは、結局は、二メートル四方の地面におさまってしまうチッポケな生きものなんじゃからな。すべてに達観したまえよ。
チェーホフ　（丁寧にうなづいて）たしかに死体になれば、二メートル四方の地面で足ります。けれども、レフ・ニコラエヴィチ、生きているあいだは、だれもがそれぞれ全地球を必要としているんですよ。

トルストイ　……む、またやられたわい。

トルストイ、ショックでまたふらふらとなる。それをオストロウーモフとスタニスラフスキーが支え、マリヤは杖を持ち……四人、出て行く。

チェーホフ、見送るうちに、いきなりハンカチを取り出して口をおさえ、ソファへ坐る。出口で見送っていたオリガ、チェーホフの様子に気づいて、

オリガ　……アントーンチク！

チェーホフ　……だいじょうぶ。

オリガ　……大学の先生を呼び戻してくる！

チェーホフ　笑えばおさまる、いつもの薬で。

オリガ　（一瞬、すばらしい笑顔を見せて）いつもの物真似トンプク薬ね。

チェーホフ　（もう拍手している、弱々しい拍手だが）……！

オリガ　（今し方のトルストイの真似）「アントンくん、芝居であまり血を荒らしたまうなよ。ボードビルがどうしたのこうしたのと気をつかいたまうな。いくらじたばたしたところで、人間というものは、結局は、二メートル四方の地面におさまってしまうチッポケな生きも

のなんじゃからな……」（思いついて）舞台へ持ち道具を忘れて出てしまったら、「よかった、かつらだけは忘れないでいて」とおもうこと。

チェーホフ　（間、髪を容れず）舞台の上でそのかつらが飛んでしまったら？

オリガ　（すぐさま）「よかった、飛んだのが自分のからだじゃなくて」とおもうこと。

トルストイ一行を階下まで見送ったマリヤが戻ってきて……思いがけない光景に立ち止まる。

チェーホフ　客席から「へたくそ、引っ込め」と野次が飛んできたら？

オリガ　「よかった、腐ったトマトじゃなくて」とおもうこと。

チェーホフ　腐ったトマトが飛んできたら？

オリガ　「よかった、爆弾じゃなくて」とおもうこと。（逆にチェーホフに問う）書いている最中にペン先がポキンと折れたら？
チェーホフ　「よかった、指が折れなくて」とおもうこと。

トルストイがオストロウーモフとスタニスラフスキーを引きずって入ってくる。トルストイ、息を整えて、第九条を云おうとするが、

オリガ　しつこいファンにあとをつけられたら？
チェーホフ　「よかった、政府の秘密探偵じゃなくて」とおもうこと。
オリガ　小説のアイデアに詰まったら？
チェーホフ　「よかった、これで散歩に出かけることができる」とおもうこと。

笑い合う二人。楽しくて抱き合ったりしている。トルストイ、マリヤに、

トルストイ　（小声で）第九条を思い出して戻ってきたんじゃが……ほう、これはなにか新しい遊びじゃな。
マリヤ　（うなづいてから、小声で）……こんな楽しそうな二人を、初めて見ました。

オストロウーモフ、スタニスラフスキーの二人も、チェーホフとオリガの笑いに感応して見ている。

オリガ　奥さんと別れてヤルタへ帰らなければならなくなったら？

チェーホフ　「よかった、次に会う日が楽しみだ」とおもうこと。（逆に問う）だんなさまが恋しくてたまらなくなったら？

オリガ　「よかった、またお手紙がいただける。またお手紙の最初の呼びかけが読める」……やあ、すてきな奥さん、わたしの喜びさん、黄金五十キロのかたまりさん、世に並びなき女優さん……

チェーホフ　（にこにこしながら）……血色のいい赤ん坊さん、明るい明るいともしびさん、目に美しいスカートさん……

しあわせそうな二人を、四人が見守っている。

十四　四人のチェーホフ

チェーホフには最後の初夏。深夜――クリミア半島セヴァストポリ発モスクワ行き長距離急行列車（車中二泊）の一等個室（定員四名）。

車の走行音。ときおり汽笛が千切れながら窓外を流れて行く。

その上に三枚の字幕。あるいは読み上げ。

①「チェーホフ最後の年の一月に初演された『桜の園』も大当たりをとった。けれどもチェーホフは落胆して、妻へこう書いた。」

②「『あれがぼくの「桜の園」ですか。ぼくは人生を書いているのです。うんざりするような、めそめそした生活ではありません。スタニスラフスキーはまた、ぼくの芝居を台なしにしてしまった。』」

③「そして五月、オストロウーモフ教授の治療を受けるために、チェーホフはモスクワ行きの長距離急行列車に乗った。彼はもう、ヤルタに帰ることはないだろう。」

四人掛けの個室。進行方向に向いた座席にチェーホフ（窓際）とマリヤ（通路側）、進行方向を背にした座席にオリガ（窓際）。なお、オリガの隣、マリヤの向かいの席に、紐で束ねた本の塊（かたまり）（十冊前後）が四つ置いてある。

三人、薄い毛布をかけて眠っている。
オリガ、終始、深い眠りの国。
車両が揺れて、本の塊が一つ、床に落ちる。マリヤ、目をさまして、本の塊を元のところへ積み直す。
……ふと、気づいて、兄と兄嫁の毛布を、そっと掛け直してやる。そして自分の座席に戻ったとき、ひときわ高い汽笛の音。

マリヤ　……？

通路から、少年チェーホフ、青年チェーホフ、壮年チェーホフの三人が入ってくる。

少年チェーホフ　あいかわらずかわいいな。ぼくらのふるさと、タガンローグの市立図書館に新刊書を送りつづけてほしいんだ。マーシャが生きているあいだずーっとだよ。そうだな、年に百冊がめやすかな。費用はぼくの印税や上演料から出しといて。

マリヤ　（うなづく）……。

青年チェーホフ　このごろは絵の勉強しているんだってね。そういえば、小さいころから、お絵描きが好きだったっけね。サハリンの小学校へ絵本を送っておくれ。毎年百冊ずつだよ。たのむよ。

マリヤ　（うなづく）……。

壮年チェーホフ　元気そうにしているね。なによりだ。ロパースニャの公立病院付属図書館の本棚が空っぽなんだ。いいかい、あそこの書棚を本で埋めるんだよ。

マリヤ　（うなづく）……。

晩年チェーホフ、右の途中で目を覚まして頰笑みながら、包み込むようにして、四人の様子を見ていたが、

晩年チェーホフ　大学の医学部図書館にロシアの医学史に関する資料を送りつづけてもらえるかな。いや、年に千ルーブリ、定期的に送金してくれれば、なにを買うかは向こうで決めるさ。わたしはね、ロシア医学史を書いて博士号をとろうとしたことがあるんだよ。おねがいします。

マリヤ　（うなづく）……。

晩年チェーホフ、三人のチェーホフと笑顔の挨拶を交わして、ふっと眠ってしまう。それがきっかけで、三人のチェーホフ、マリヤに頰笑みかけながら、消える。マリヤ、ちょっと追う。……やがて席に戻って、また兄と兄嫁の毛布を掛け直してやって、それからしばらく、じっと窓外を眺めている。

窓外をまた汽笛が流れて行く。

十五　ボードビルな哀悼歌

ピアノの前奏——
どこでもないところで、少年役の俳優が歌い、その歌を縫って、五人の俳優が「チェーホフの死の前後」を語る。

マリヤ役　このふた月あと、チェーホフは、南ドイツの温泉保養地で息を引き取った。四十四歳だった。

少年役　（歌う）
ボードビル　ボードビル
あなたはこれを
高め、練り上げようとした

ボードビル　ボードビル
あなたはこれを
文学にしようとした

オリガ役　死の間際、彼は「わたしは死ぬ」と宣言したあと、妻に頬笑みかけながら、シャンパンを飲み干した。まったくボードビルなひとだ。

少年役　（歌う）
ひとにしか作れぬもの——
笑いのなぞを突き詰めた

青年役　遺体は貨物専用車両に積み込まれ、モスクワの貨物専用ホームに到着した。

少年役　（歌う）

暮らしの中に
笑いを活かして行こうとした

壮年役　出迎えたひとたちは、遺体を探して右往左往したというが、これもずいぶんボードビルな話だ。

少年役　（歌う）
……なにがなんでも
ボードビル　ボードビル
あなたはこれを
高め、練り上げようとした
ボードビル　ボードビル
あなたのつけた道は
いまも険(けわ)しい

晩年役　いまもあなたの芝居を巡って、「喜劇だ」「いや、悲劇だ」とボードビルな混乱がつづいている。いやあ、あなたはすばらしくボードビルなひとだ。

少年役　（おしまいを繰り返して歌う）

……ボードビル　ボードビル

あなたのつけた道は

いまも険しい

ピアノの後奏――その中で暗くなる。

初出　『すばる』二〇〇七年十月号

原稿ができるまで……1

芝居の骨格となる、チェーホフ、マリヤ、
オリガの３名の同席場面を年ごとに、
全て洗い出した結果を、
こまつ座に送ったファックス。

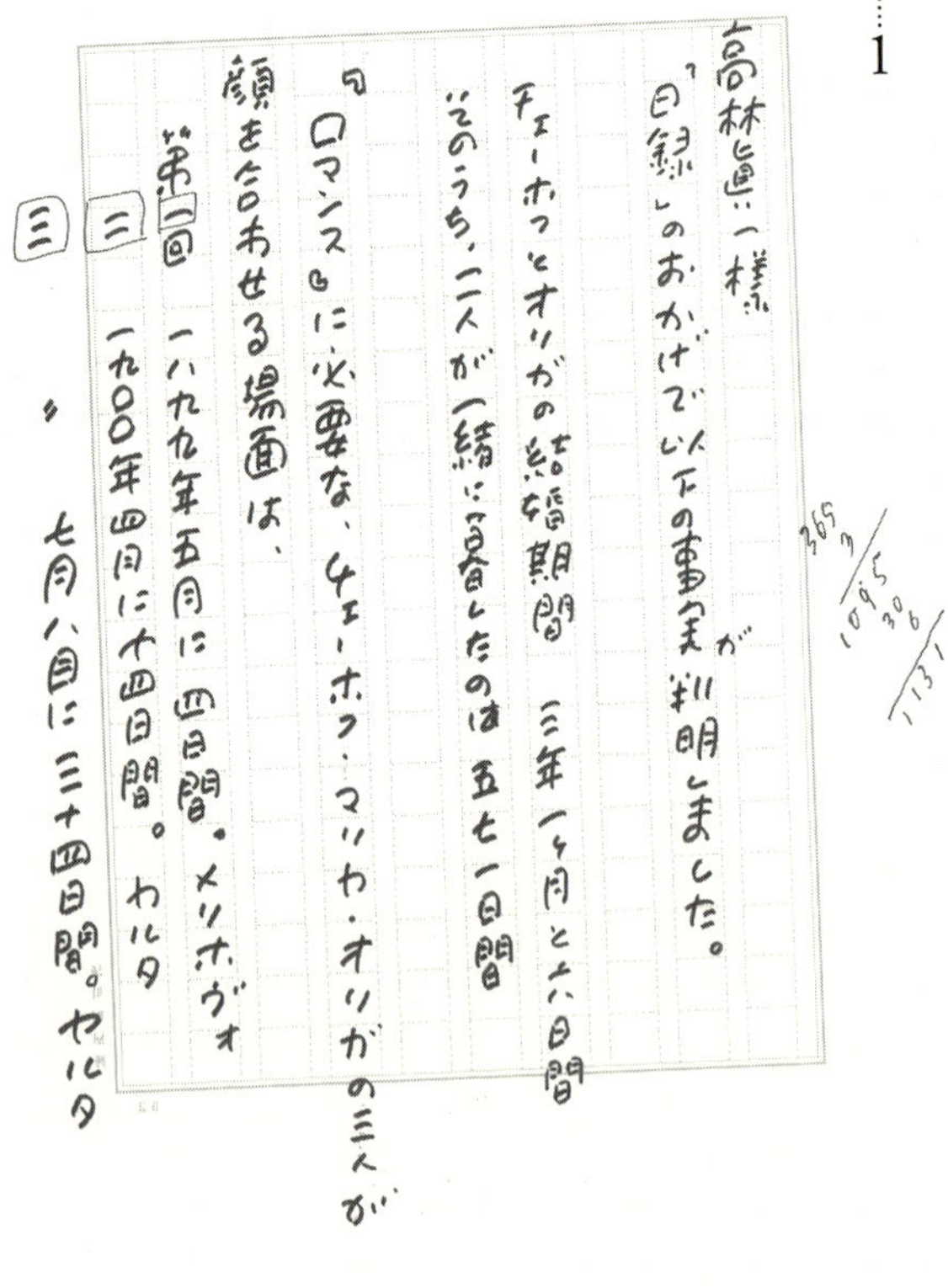
高林眞一様
「日録」のおかげで以下の事実が判明しました。
チェーホフとオリガの結婚期間　三年一ヶ月と六日間
そのうち、二人が一緒に暮したのは　五七一日間
『ロマンス』に必要な、チェーホフ・マリヤ・オリガの三人が
顔を合わせる場面は、
第一回　一八九九年五月に四日間。メリホヴォ
二　一九〇〇年四月に十四日間。ヤルタ
三　〃　七月八日に三十四日間。ヤルタ

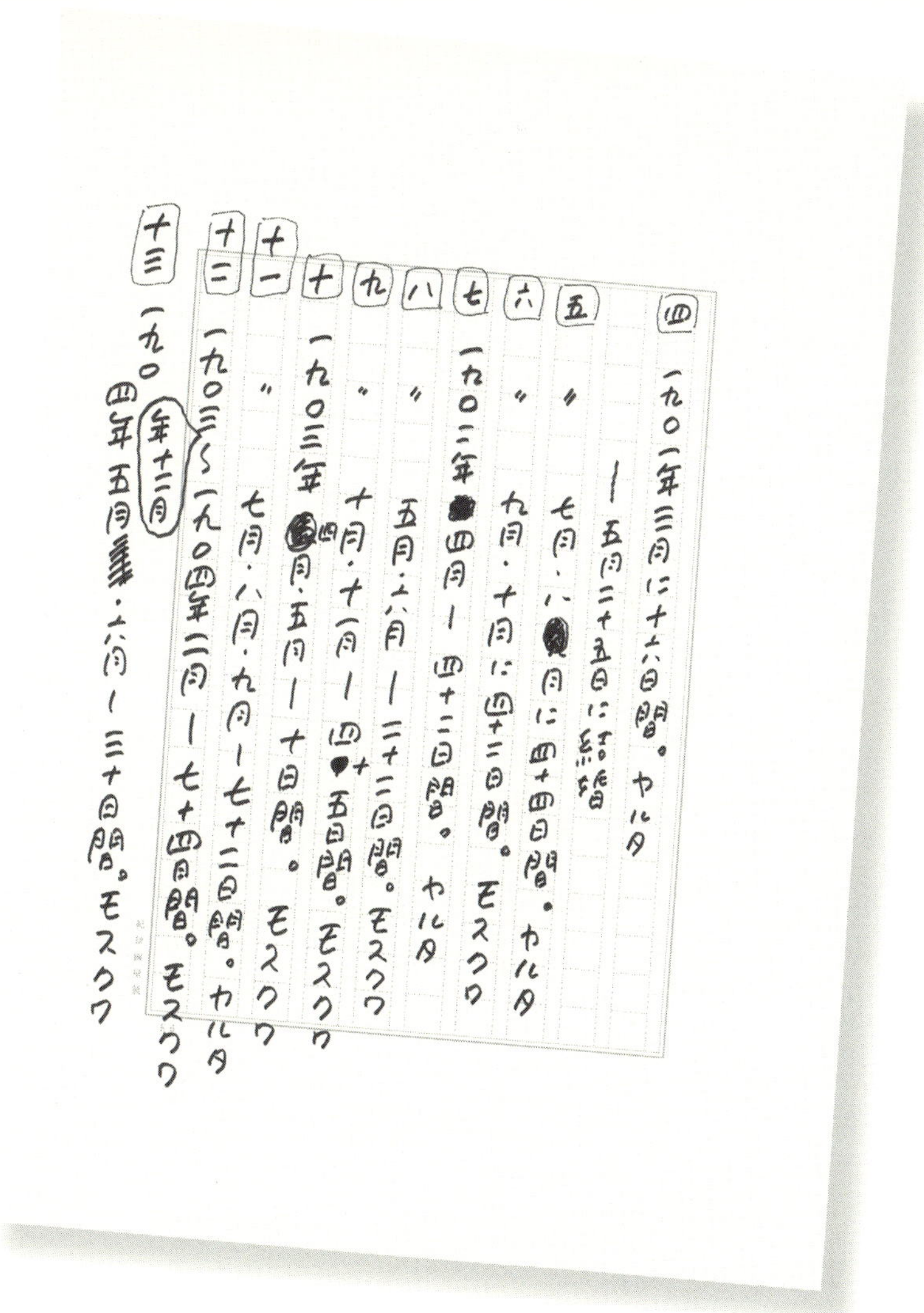

四　一九〇一年三月に十六日間。ヤルタ

—五月二十五日に結婚

五　〃　七月・八月に四十四日間。ヤルタ

六　〃　九月・十月に四十二日間。モスクワ

七　一九〇二年四月—四十二日間。ヤルタ

八　〃　五月・六月—二十二日間。モスクワ

九　〃　十月・十一月—四十五日間。モスクワ

十　一九〇三年四月・五月—十日間。モスクワ

十一　〃　七月・八月・九月—七十二日間。ヤルタ

十二　一九〇三年十二月〜一九〇四年二月—七十四日間。モスクワ

十三　一九〇四年五月・六月—三十日間。モスクワ

……という次第で三人は前後十三回、共に暮しています。その延べ日数は四六一日間です。この十三回を基礎に、チェーホフ専門家にもわからないウソを織り込むことになります。

では本日午後六時に帝国ホテルの[redacted]で。

よろしく。

井上。

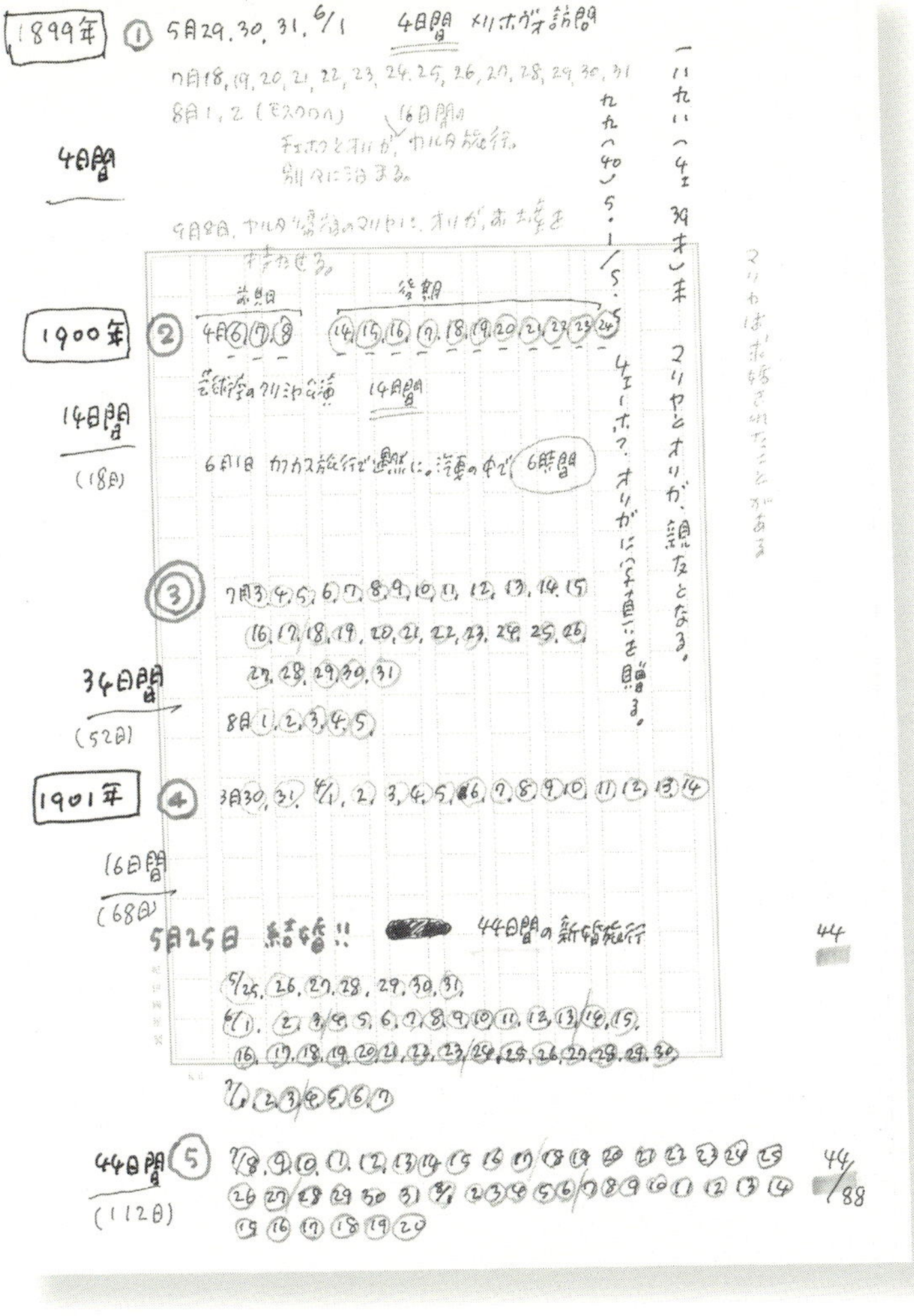

1899年 ① 5月29.30.31.6/1 4日間 メリホヴォ訪問
7月18,19,20,21,22,23,24,25,26,27,28,29,30,31
8月1,2（モスクワへ） 16日間の
チェホフとオリガ、ヤルタ旅行。
別々に泊まる。
4日間
9月8日、ヤルタ帰宅のマリヤに、オリガ、お土産を持たせる。
一八九九（41歳 39歳）末 マリヤとオリガ、親友となる。
九九（40）5.1/5.5 チェーホフ、オリガに〈手首〉を贈る。
マリヤは求婚されたことがある
1900年 ② 前期 4月6,7,8 後期 14,15,16,17,18,19,20,21,22,23,24
芸術座のクリミヤ公演 14日間
14日間 (18日)
6月1日 カフカス旅行で偶然に。汽車の中で 6時間
③ 7月3,4,5,6,7,8,9,10,11,12,13,14,15
16,17,18,19,20,21,22,23,24,25,26
27,28,29,30,31
34日間 (52日)
8月1,2,3,4,5
1901年 ④ 3月30,31,4/1,2,3,4,5,6,7,8,9,10,11,12,13,14
16日間 (68日)
5月25日 結婚!! 44日間の新婚旅行
44
5/25,26,27,28,29,30,31
6/1,2,3,4,5,6,7,8,9,10,11,12,13,14,15
16,17,18,19,20,21,22,23,24,25,26,27,28,29,30
7/1,2,3,4,5,6,7
44日間 ⑤ 7/8,9,10,11,12,13,14,15,16,17,18,19,20,21,22,23,24,25
26,27,28,29,30,31,8/1,2,3,4,5,6,7,8,9,10,11,12,13,14
15,16,17,18,19,20
(112日)
44/88

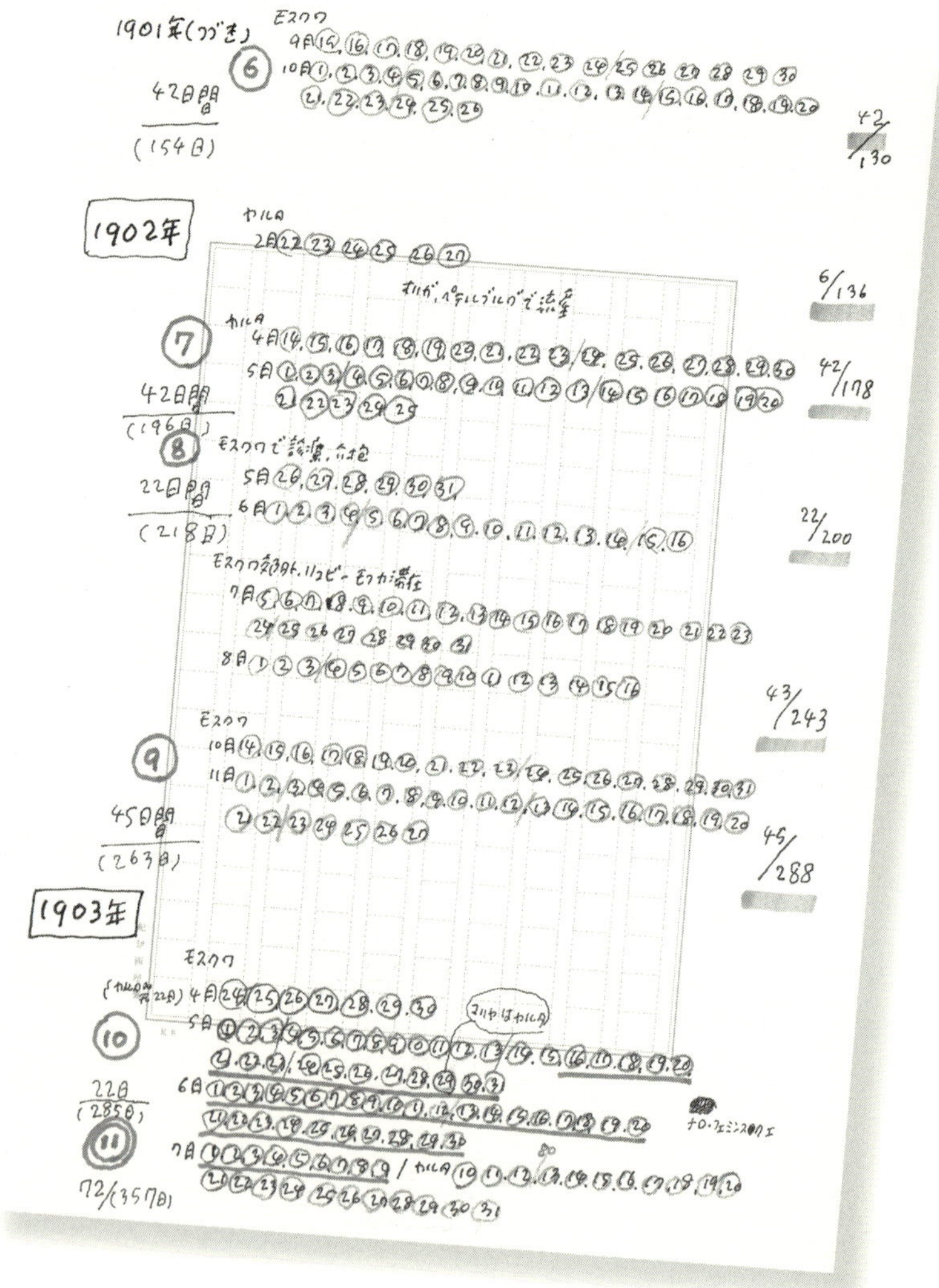
1901年（つづき）
モスクワ
⑥ 9月 15–30
10月 1–20
21–26
42日間
（154日）
42/130

1902年
ヤルタ
2月 22–27
オリガ、ペテルブルグで流産
6/136

ヤルタ
⑦ 4月 14–30
5月 1–20
21–25
42日間
（196日）
42/178

⑧ モスクワで診察、介抱
5月 26–31
6月 1–16
22日間
（218日）
22/200

モスクワ郊外、リュビーモフカ滞在
7月 5–23
24–31
8月 1–16
43/243

モスクワ
⑨ 10月 14–31
11月 1–20
21–27
45日間
（263日）
45/288

1903年
モスクワ
（ヤルタから22日）4月 24–30
⑩ 5月 1–20
21–31
6月 1–20
21–30
22日
（285日）
ナロ・フォミンスクへ
⑪ 7月 1–9 / ヤルタ 10–20
21–31
ここからはヤルタ
80
72/（357日）

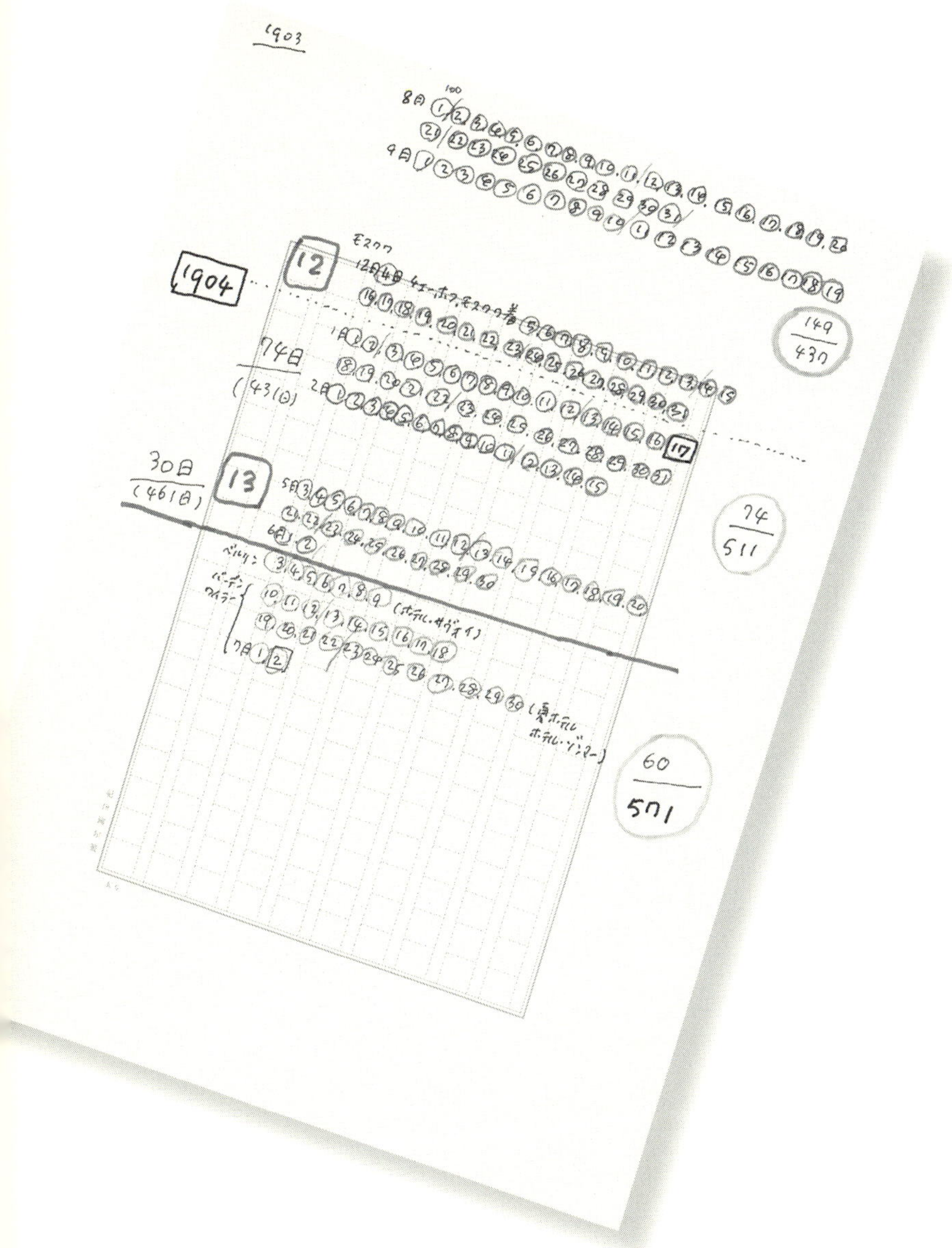
1903
1904
12
モスクワ
74日
(431日)
30日
(461日)
13
149
437
74
511
60
571

チェーホフとオリガ（クニッペル）が
手紙で互いに使った呼びかけを、
往復書簡433通から丹念に拾い出したメモ。
消されているように見えるのは、
著者が青色でチェックした跡。

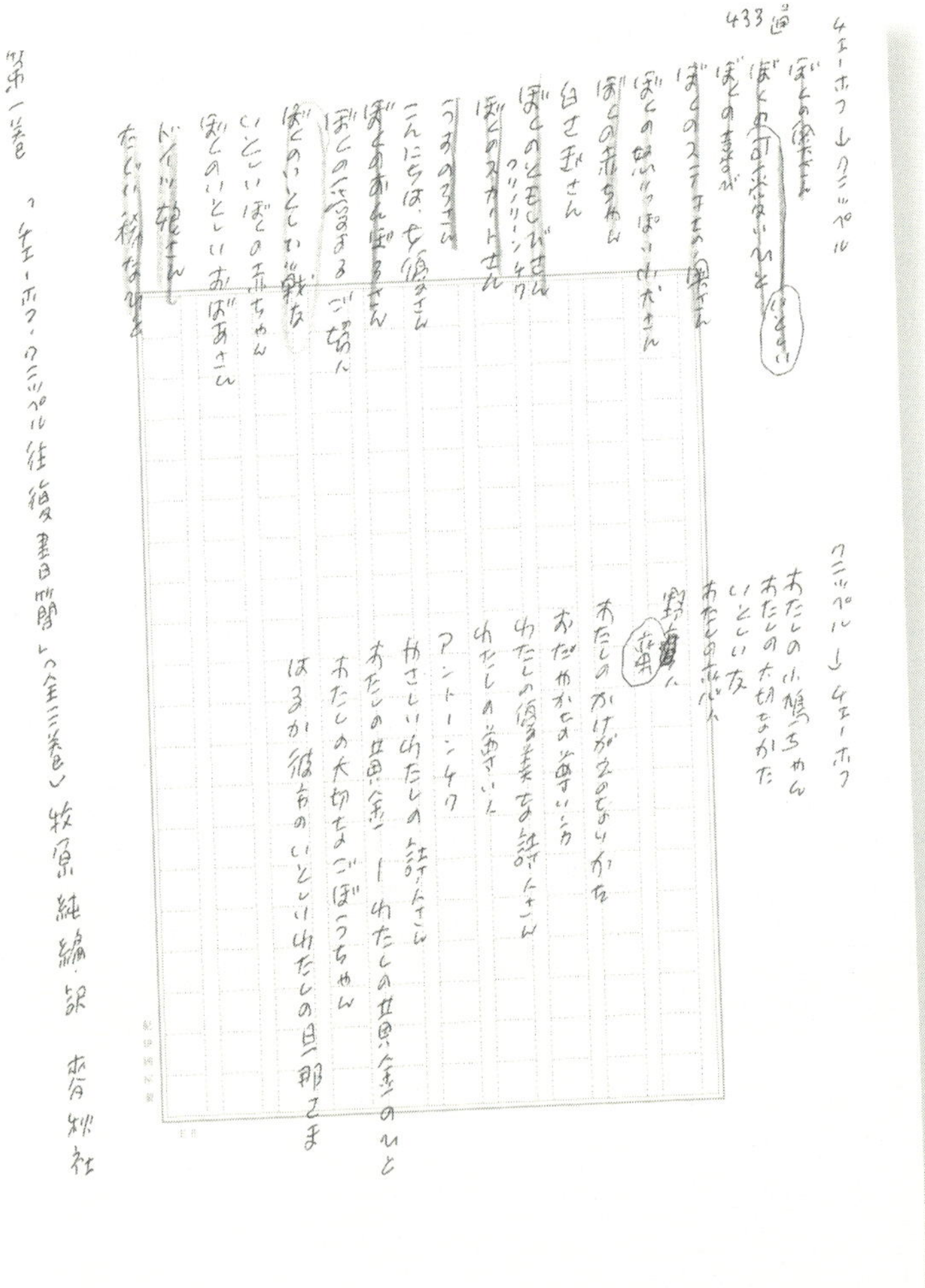

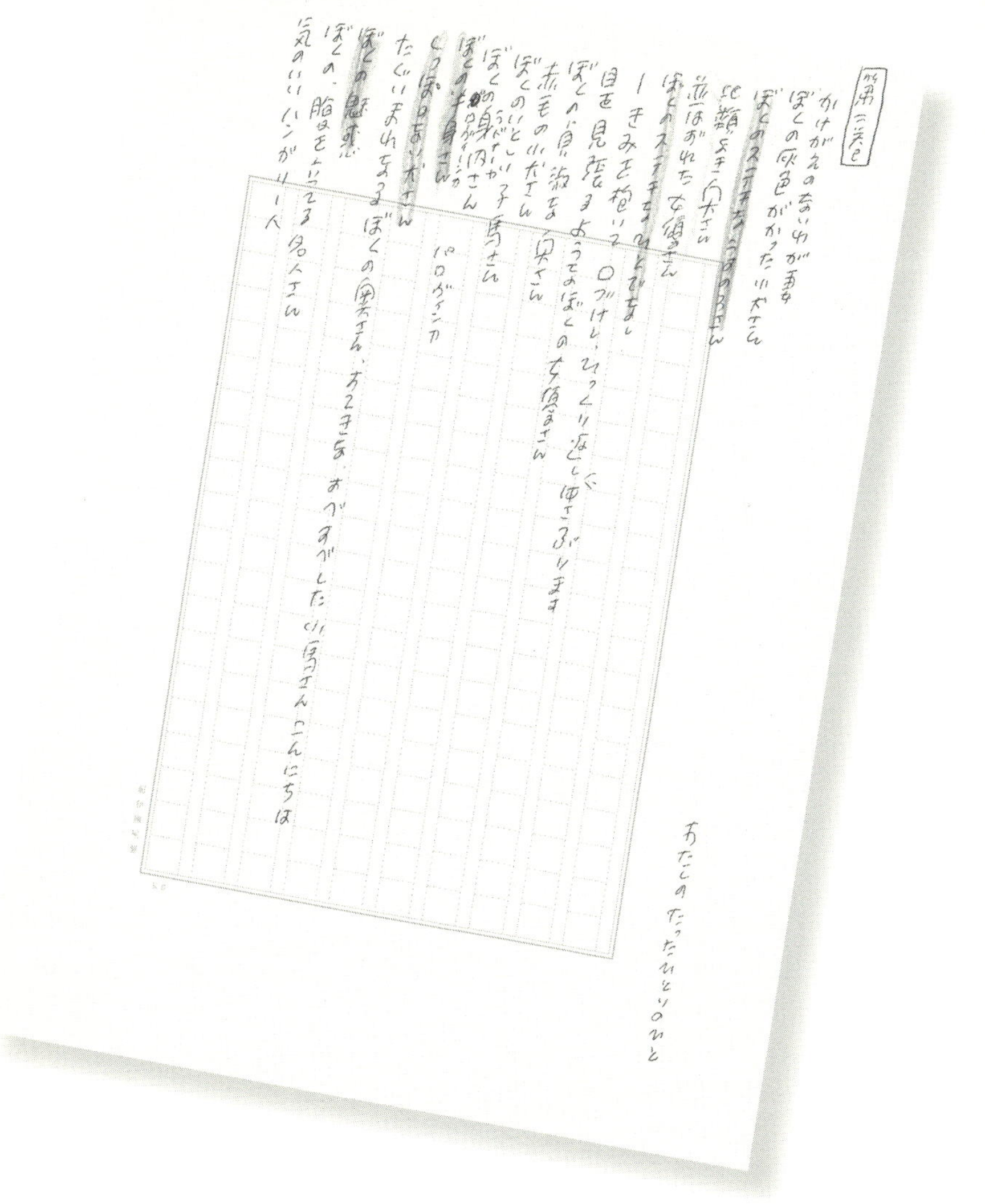
第三案
かけがえのないわが妻
ぼくの灰色がかった小犬さん
比類なき白犬さん
1きみを抱いて口づけし、ひっくり返し揺さぶります
ぼくの貞淑な奥さん
赤毛の小犬さん
ぼくのいとしい子馬さん
しっぽの長い犬さん
たぐいまれなる ぼくの奥さん、すてきな
パロヴィンカ
元気のいいハンガリー人
こんにちは
おたくのたったひとりのひと

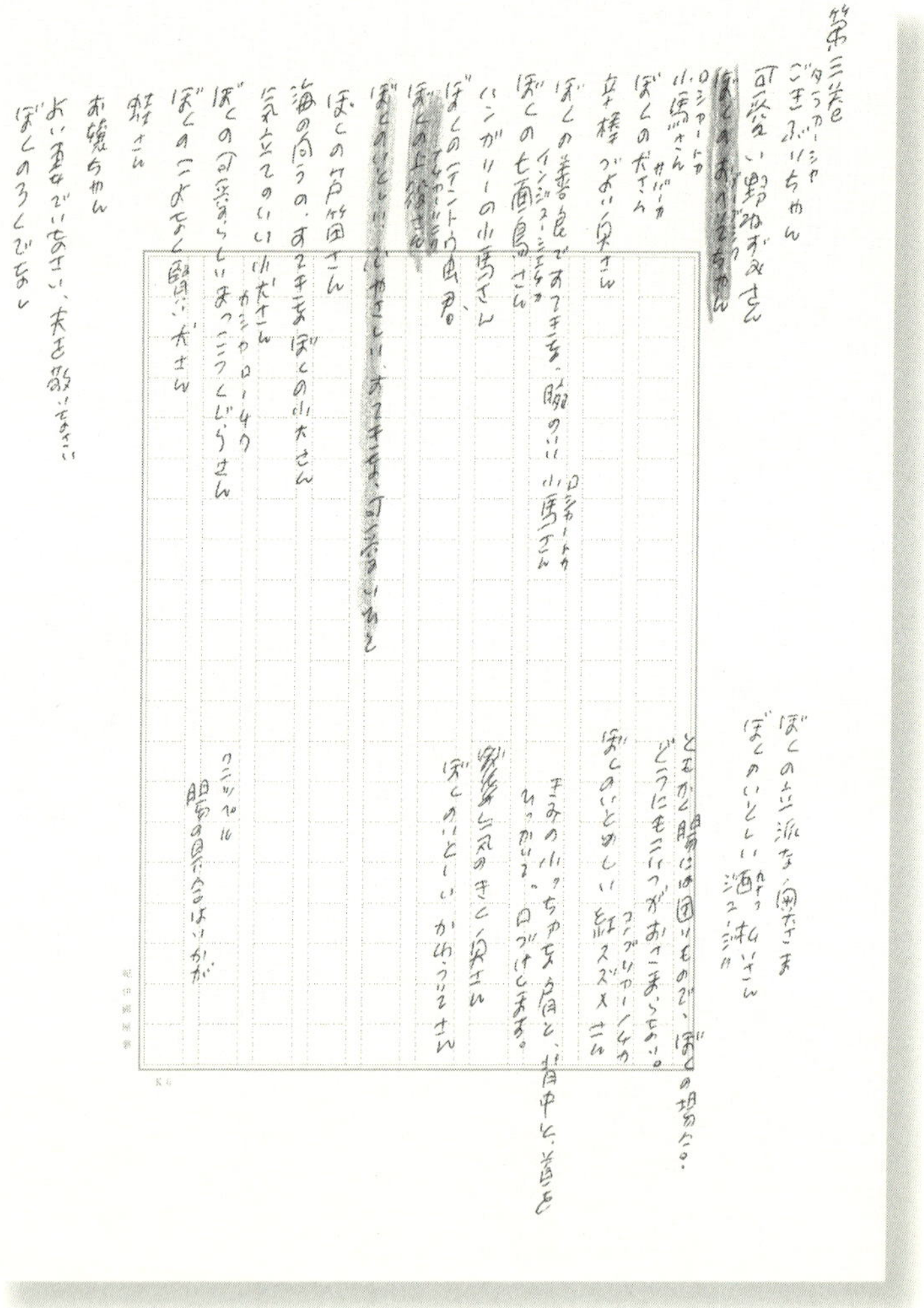
第三巻
ごきぶりちゃん
可愛い野ねずみさん
ぼくのおりこうちゃん
小馬さん
ぼくの犬さん
辛棒づよい奥さん
ぼくの善良ですてきな、腕のいい小馬さん
ぼくの七面鳥さん
ハンガリーの小馬さん
ぼくのテントウ虫君、
ぼくの上品なさん
ぼくのいとしい、やさしい、すてきな、可愛いひと
ぼくの竹戸竹田さん
海の向うの、すてきなぼくの小犬さん
気立てのいい小犬さん
ぼくの可愛らしいまっこうくじらさん
ぼくのこよなく醜い犬さん
蛙さん
お嬢ちゃん
よい子でいなさい、夫を敬いなさい
ぼくのろくでなし
ぼくの立派な奥さま
ぼくのいとしい酒飲みさん
とにかく腕には困りもので、ぼくの場合。
どうにもこいつがおさまらない。
ぼくのいとおしい紅スズメさん
きみの小っちゃな肩と、背中と、首と
ひっかいて、口づけします。
気のきく奥さん
ぼくのいとしいかわうそさん
胆石の具合はいかが

原稿ができるまで……2

1889年以降のチェーホフの動向について、
月日を追って作られた綿密なメモ。
400字詰め原稿用紙で127枚分。
ところどころ欄外に手書きの追記がある。

Konstamtin Sergeevich Stanislavskii (1863-1938)

一八八九年　●チェーホフ二十九歳

一月三十一日　『イワーノフ』初日。ペテルブルグのアレクサンドリンスキー劇場。大成功。

二月十八日　●チェーホフ（二九）とスタニスラフスキー（二六）が初めて会う。芸術文学協会設立準備のための仮面舞踏会で。（二月二十日付「日日新報」にその記事あり）

二度目はモスクワのスヴォーリンの書店で。〈わたしにはチェーホフが高慢で尊大でいささかずるい人におもわれた。しかしそれはチェーホフの近眼のせいで、しょっちゅう鼻眼鏡をなおすうるさい仕草で、わたしには彼が尊大で不誠意な人にみえたのかもしれない。〉（スタニスラフスキー『芸術座のチェーホフ』）

六月　次兄ニコライ（画家）、肺結核で死亡。憂鬱症になる。

十一月三日
スタニスラフスキー、「芸術・文学協会」を設立。その設立記念式典に、●チェーホフも招待されて出席。

十二月二十七日　『森の王』初日。モスクワ

Vladimir Nemirovich-Danchenko (1858-1943)

のアブラーモフ劇場。ネミローヴィチ－ダンチェンコの加筆と斡旋。批評家こぞってこき下ろす。大失敗。憂鬱症がいっそうひどくなる。

一八九〇年　●チェーホフ三十歳

四月二十一日　●チェーホフ、サハリン島へ出発。流刑地の実態調査。（十二月一日オデッサ着）

〈僕はウクライナの人間なので、怠け者の性癖からすでに抜けられなくなっています。それで自分に苦役を課したいのです。そして生まれ変わりたいのです。〉（三月九日付）

〈トムスクの娼家を見に行き……娼家から帰りました。いまわしい。夜の二時。〉（五月二十日付、スヴォーリン宛）

〈ブラゴヴェシチェンスクには、日本の女を見かけます。それは大きい、奇妙な髪をつけ、美しい胴とをした小柄なブリュネットです。美しく着飾っています。彼女たちの言葉には「ツ」という音が多いです。好奇心にかられて日本女と遊ぶと……あのことにかけては絶妙な手並みを見せ……ことがすむと、日本女は袖から一枚の懐紙を取り出し、「坊や」をつかみ、意外なことに拭いてくれます……〉（六月二十七日付、スヴォーリン宛）

●チェーホフは日本領事館の館員たちと仲よくなる。

久世原（一八五〇－一九〇三）領事
鈴木陽之助（当時三十歳）領事代理
杉山次郎（？）書記官。会計担当

●チェーホフ、一万人の徒刑囚と流刑囚と面接して、一万枚の調査カードを書く。

〈ぼくらは日本を素通りしました。日本にはコレラが流行っていたからです。そのため、ぼくはあなたに日本のものはなにも買わなかったし、買い物用にぼくに渡してくださった五百ルーブリを、自分の用途にあててしまいました。……セイロン、この天国で、ぼくはヤシの林とブロンズの女を満喫しました。〉（十二月九日、スヴォーリン宛）

一八九一年　●チェーホフ三十一歳

二月八日初日　「芸術・文学協会」第一回公演。演目はトルストイ『文明の果実』

春、●チェーホフは、スヴォーリンと南欧（ヴィーン、ヴェネツィヤ、ボローニャ、フィレンツェ、ローマ、ナポリ、ニース、モンテカルロ、パリ）を旅行する。

この年、ネミローヴィチ－ダンチェンコ（三三。劇作家、演劇評論家。帝室劇場上演選定委員）が、モスクワの「音楽愛好家協会」付属音楽演劇学校演劇科を任される。学生のなかにメイエルホリド（一七）♥オリガ・クニッペル（二二）がいた。

一八九二年　●チェーホフ三十二歳

三月　●チェーホフ、『文明の果実』を褒める。

〈みんなが、このアマチュア劇団の『文明の果実』のほうが、近ごろのマールイ劇場（帝室劇場）で演じられたものより、はるかにうまいと言っています。〉（スヴォーリン宛書簡）

五月五日　●チェーホフ、モスクワに近いメリホヴォに田荘を購入、一家をあげて引っ越す。

森、果樹園、畠、菩提樹の並木道、テラスのついた屋敷で、温室や釣りのできる池などもついていた。

★マリヤは方々の出物を下検分していた。当時のマリヤは、モスクワのルジェーフスカヤ私立女学校の歴史と地理の教師。

隣人は、地方自治会議員（ゼムストヴォ）の

セルゲイ・イワーノヴィチ・シャホフスコーイ公爵

★マリヤの略歴－モスクワのフィラレトフ女学校（ギリシャ正教系）からゲーリエ高等女子学院に進み、一八八六年に卒業して中学校の教師免状を取得。ネジェーフスカヤ私立女学校で歴史と地理を教えていた。今はストロガノフスキー美術学校夜間部に通って絵の勉強をしている。絵の先生は、エリザヴェータ・ニコラーエヴナ・ズワンツェワ（一八六八－一九二二）で、画家。

〈あるとき私たちは鉄道のロパースニャ駅から遠くないセルプーホフの近郊に領地が売りに出されているのをある新聞で読みました。アントンに頼まれて、私と弟ミハイルとが一月の終わりにこちらから出かけて行って、下見をし、売買の条件をとりきめることになりました。冬の真っ最中で、ソローフチン（画家）の領地のあるメリホヴォまで（ロパースニャ駅から）私たちは約十三露里（約十九キロ）を橇でとばしました。……家は気に入りました。……家へ戻ると私たちはアントンに、領地は手ごろだし、買う価値はあると報告しました。〉（マリヤ・チェーホワ『兄・チェーホフの思い出』）

価格は一三、〇〇〇ルーブリ。現金で四〇〇〇、五〇〇〇はソローフチンの担保証書の分で利息だけ払い、残りの四〇〇〇は、この屋敷を抵当に入れて銀行に

払ってもらい、チェーホフがそれを年賦で返して行くという支払い方法。

普通郵便の宛先は「モスクワ、クールスク鉄道ロパースニャ駅止め」

●チェーホフも★マリヤも、このロパースニャ駅からメリホヴォまで馬車や橇を使った。モスクワへは汽車で二時間半。

★マリヤの場合、毎週金曜日の夕方にメリホヴォに帰り、月曜の朝、モスクワのアパート、サドーワヤ・スハレフスカヤのキルフゴフ館に戻るという生活。クリスマスと復活祭と夏の休暇はメリホヴォで暮らした。

夏、★マリヤ、アレキサンドル・スマギンに求婚される。

〈「アントン、わたし結婚しようと思っているの」と宣言すると、兄はむっつりと不機嫌そうに黙り込んでしまいました。一言も口をきかないのです。そこで私は、兄には私が他人の家に嫁いで、そこで家庭を築くのをみるのが辛いのだ、ということがわかったのです。……兄に対する愛情、兄との結びつきといったものが私の決断の基になりました。〉（マリヤ『回想録』）

★マリヤ、医学の勉強をはじめる。

一八九三年　●チェーホフ三十三歳

一月一七日　スタニスラフスキーの父、セルゲイ・ウラジーミロヴィチが死亡。スタニスラフスキー、家業を継ぐ。

三月、スタニスラフスキーの従兄ニコライ・モスクワ市長、市庁舎外で暗殺される。

三月二日　●チェーホフ、メリホヴォを発って、ヤルタのロシア・ホテルに投宿。

〈もうこれで約ひと月、ヤルタ住まいがつづきます。世にも退屈なヤルタの、「ロシア・ホテル」三十九号室ずまいが。……咳はおさまりませんが……全体としては僕は健康、病気なのは特殊な一部だけです。例えば、咳、心臓の不整脈、痔。……すっかり煙草をやめてからというもの、僕は陰気な、不安な気持に陥ることがなくなりました。……僕はあらゆる議論にあきあきしました。……〉（三月二十七日、ヤルタ。スヴォーリン宛）

八月―十月　●チェーホフ、ふたたび南欧（ヴィーン、ミラノ、ジェノア、ニース、パリ）を旅する。

一八九五年　●チェーホフ三十五歳

四月一〇日　スタニスラフスキーの「芸術・

文学協会」、●チェーホフの『熊』を上演。スタニスラフスキー、スミルノーフ（中年の地主）を演じる。

一八九六年　●チェーホフ三十六歳

十月十七日　ペテルブルグのアレクサンドリンスキー劇場で『かもめ』初日。
♥マリヤ、初日の朝、モスクワから駆けつける。

惨憺たる失敗！

芝居の途中、●チェーホフ、劇場から姿を消して一時、行方不明となる。そして午前二時、泊めてもらっていたスヴォーリン邸（★マリヤが投宿している　ホテルの隣り）へ帰ってくる。

〈市内をふらふら歩き廻っていました。どこかに坐っていました。あの芝居のことは、そうやすやすと忘れられるものではありませんよ。百歳まで長生きしたところで、もう二度と戯曲なんか書くものか。この分野では、僕は失敗ばかりしている。〉（スヴォーリン『私的日記』）

一八九七年　●チェーホフ三十七歳

二月一五日　モスクワのコルシヤ劇場で開かれた「芸術・文学協会」の「文学と音楽のタベ」。スタニスラフスキーと●チェーホフとの三度目の出会い。スタニスラフスキーはこの夜、プーシキンの『吝嗇な騎士』を演じていた（男爵役）。

〈公演後、A・P（チェーホフ）が僕のところへやってきて、お礼を言った。「二年前に、私の芝居『熊』を、すばらしいやり方で演じてくれたそうですね。ところが私は見ていないんですよ。ただの作家だからね……置いてきぼりにされてね。ところで原作料はもらいますよ。一ルーブルと二十五ペイカです」〉（スタニスラフスキー全集五）

三月二二日（土曜日）●チェーホフ、いつものように大モスクワホテル五号室に投宿後、レストラン「エルミタージュ」で、スヴォーリンと昼食中、喀血。

モスクワ・グランド・ホテル
イーヴェル聖堂の
真向い

スヴォーリンは、自分が泊まっているホテル「スラヴァンスキー・バザール」に●チェーホフを運び、名医と噂の高いオボロンスキー博士に往診をたのんだ。

三月二五日、オボロンスキー博士は、オストロウーモフ教授の結核療養所十六号室に●チェーホフを入所させた。喀血はすでに一八八四年から始まっていたが、チェーホフは十三年間、「胃が悪いだけだ」と言い張っていた。

トルストイが見舞いにくる。トルストイの長い話。へとへとになった●チェーホフは、その夜、再度、喀血した。

四月六日　退院。メリホヴォに帰った。（ここまでスヴォーリン『私的日記』による）

六月二二日午後二時、スタニスラフスキーとネミローヴィチ－ダンチェンコが会談。スラヴァンスキー・バザールの個室で、翌日の午前八時までの十八時間の大会議。二人は「大衆料金でも観られる芸術座の創設」に合意。

a　レパートリーに関してはネミローヴィチ－ダンチェンコが最終的な発言権を持つ。

b　実際の舞台にかかわることをスタニスラフスキーが全面的に処理する。

c　それぞれが拒否権を持つ。

年間予算は二万八千ルーブリ（モスクワ郊外に広大な別荘が三軒、購入可能な金額）

スタニスラフスキー、一万ルーブリを出資。

モスクワ市、年間一万五千ルーブリを助成。

ネミローヴィチ－ダンチェンコ、二千ルーブリを集めてくる。

最大の個人投資家はサッワ・チモフェーエヴィチ・モロゾーフで一万ルーブリを出資。モロゾーフは化学者の学位を持つ、織物工場や鉄道や銀行の持主。

……などなど株主は十一名。

株主のなかに●チェーホフもいた。

八月三十一日　●チェーホフ、ベルリン、ケルン、ピアレッツを経てニースに避寒して越年。ニース、クノー通り九番地のペンシヨン「ロシア館」。

ゾラ裁判に興味を抱き、●チェーホフは、スヴォーリンと不仲になる。

秋ー『チェーホフ戯曲集』出版。『ワーニャ伯父さん』を含む。地方で上演された。

年末ごろ、★マリヤは〈兄を通して旧知のネミローヴィチ－ダンチェンコから、会うたびに『かもめ』のことを、その文学的、演劇的価値を私に話しかけましたが、私はペテルブルグのこと（初演の失敗）が頭に浮かんで、即座に話題をかえたものでした。あとになってようやく私にもわかったことでしたが、これは私が兄と仲良しなのを知っていたネミローヴィチ－ダンチェンコの「外交策」で、あきらかに、新しい劇場で

『かもめ』の上演許可をとりつけるのに私なら兄に発言力があるときめてかかったうえのことでした。〉（『兄・チェーホフの思い出』）

一八九八年　●チェーホフ三十八歳

一月　●チェーホフ、ニースおよびパリでドレフュス事件の再審に関心を持ち、ゾラの活躍に感激する。

四月十九日　スタニスラフスキー、「モスクワ開かれた芸術劇場」設立協会の主任演出家として就任。モスクワ芸術座の実質的な出発。

馬車屋街通りのエルミタージュ劇場と借用契約。

四月二五日　ネミローヴィチ－ダンチェンコ、チェーホフに手紙を書いて、『かもめ』の上演許可を求める。（●チェーホフ、断る）

●チェーホフは、九六年のペテルブルク、アレクサンドリンスキー劇場での『かもめ』初演の失敗に懲りていた。モスクワでは絶対にやりたくないと決めていた。

五月五日午後五時　●チェーホフ、パリ経由でメリホヴォに帰宅。

五月一二日　ネミローヴィチ－ダンチェンコ、●チェーホフに二通の手紙を書く。いずれも上演許可願い。（●チェーホフ、断る）

五月一六日　ネミローヴィチ－ダンチェンコ　四通目の許可願を書く。（●チェーホフ、ようやく許可する）

〈あなたの手紙をうけとりました。……これであなたたちは『かもめ』の上演ができるのです。〉（五月三一日付ネミローヴィチ－ダンチェンコ宛書簡）

六月十四日、新しい劇団は、モスクワから五〇マイル離れたプーシキノに集まる。フィルハーモニー学校の卒業生、元協会のメンバー、地方俳優など寄せ集め劇団。もちろんメイエルホリドも♥オリガ・クニッペルもいる。元協会のメンバー、ニコライ・アルヒーポフが自分の田舎の倉庫を提供した。

「私たちがいまはじめようとしていることを大事にしましょう。清潔な手でこの事業にとりかからなければ、仕事を汚し、駄目にしてしまいます。私たちがしようとしている仕事は、たんに個人的なことではなく、本質的に、社会的なことなのです。」（スタニスラフスキーの開所式の挨拶）

プーシキノでの日課

正午、稽古開始。午後四時まで。

午後四時から三時間、休憩。

初対面

午後七時、稽古再開。真夜中まで。

稽古演目。『ヴェニスの商人』『アンチゴネー』『ハンネレの昇天』（ハウプトマン）『内輪のことだ、あとで勘定を』（オストロフスキー）『家庭教師』（ジヤチェンコ）『皇帝フョードル』（トルストイ）

八月七日　スタニスラフスキー、『かもめ』の演出プランを練り始める。四幕の完成は九月一〇日。

九月九日、一一日　●チェーホフ、プーシキノに来て、『かもめ』の下稽古に加わる。

♥オリガはアルカージナ役。

スタニスラフスキーは演出ノート作成のため、兄の領地のハリコフに隠っていて不在。

有名作家●チェーホフと、無名俳優♥オリガ・クニッペル。……二人はとにかく顔を合わせた。

●チェーホフの批判。

「蛙の鳴き声？　犬の遠吠え？　第三幕の終わりに戯曲にない召使を登場させる？

……舞台は人生の真髄を写し出す。そこにはどんな余計なものも持ち込んではいけない」（メイエルホリド『新しい演劇の書』）

九月中旬　本拠地のエルミタージュ劇場へ移動。

●〈もしモスクワにきたら、エルミタージュ劇場へ行ってごらん。スタニスラフスキーとネミローヴィチ－ダンチェンコが稽古をしている。そのミザンセーヌがおもしろいんだ。ロシアじゃ見たこともないよ。ところがそいつが、私の呪われた『かもめ』をやってるんだよ。〉（九月二一日付、P・F・ヨルダーノフへの書簡）

一〇月八日　●チェーホフ、エルミタージュ劇場へ『皇帝フョードル』の稽古を見に行き、感動する。

「このときだろうと思うよ、●チェーホフが♥オリガ・クニッペルをはじめて意識したのは」（ネミローヴィチ－ダンチェンコの証言）

たしかに、稽古から帰った●チェーホフは、スヴォーリンにこんな手紙を書いた。

〈……イリーナ（『皇帝フョードル』のクニッペルの役）がぼくには素晴らしかった。声も、上品で心のこもった態度もーとてもいい。のどがむずがゆくなるくらいに。……もしもぼくがモスクワに居残っていたら、

このイリーナに恋をしていたでしょう。〉十月八日、スヴォーリン宛）

●チェーホフが♥オリガのことを、役名で言っていることに注意。

一方、♥オリガは●チェーホフをこう感じていた。


〈……がらんとした、まっくらな平土間に、私たちみんなの愛する「魂」が坐っている、そして私たちの声を聞いていると感じるのは、ほんとうにうれしいことでした。〉

（オリガ・クニッペル『夫 チェーホフ』）


十月九日 ●チェーホフ、クリミヤへ発ち、ヤルタで別荘（二間）を借りる。

海岸通りの、煙草も売っているシナー二書店で、シャリャーピン（オペラ歌手）、ラフマニノフ（作曲家）と交友。

ラフマニノフ、『管弦楽のための幻想曲』を●チェーホフに献呈。

Sergei Vasil'evich Rakhmaninov (1873−1943 ロサンジェルス)
1917.2月 スエーデンから亡命

十月一二日 ●チェーホフの父、パーヴェル・エゴーロヴィチ・チェーホフ、モスクワのレヴシン病院で死す。享年七十四歳。死因は老人脱腸。本の詰まった箱を持ち上げようとして、ひどい脱腸になったのだ。
〈父が苦しい闘病と長い手術の末に他界しました。もし僕が家にいたら……死なせはしなかったのに。〉（十月十七日付スヴォーリン宛）
〈父は脱腸でした。診断が遅れ、ひどい道を走らせて駅まで運び、モスクワで開腹手術を受けたのです。〉（十月二十四日付ミジーノワ宛）

父の死後、★マリヤは、母をモスクワに呼んで、ウスペンスキー小路の角のマーラヤ・ドミートロフカに家を一軒借りた。この小路の反対の端のカーレトヌイ・アーケードに、〈当時はまだ私の知らない〉モスクワ芸術座があった。つまりこのときまで★マリヤはまだ芸術座に出入りしていない。


ヤルタで避寒中の●チェーホフ、〈医師の強い要求で〉（★マリヤ『思い出』）永住を決意。

〈私たち一家の将来をどうするかという相談でヤルタに来ては、という兄の申し出に……学校に休暇を願い出て、十月の二十日すぎに、私はヤルタの兄のところへかけつけました。

「土地を一区画買ったよ。町外れの高台だ。眺めは文句なしさ！」

……たくさんのおもしろい思い出のある、あの詩的な、愛すべきメリホヴォのことを思うと、悲しくなりました。

　アントンはその頃ヤルタのアウトスカヤ通りにあるイロヴァイスカヤの別荘「オミユール」に住んでいましたが、私はその近くの、ラヴロフ通りにあるヤホネンコ某の借間に落ち着くことになりました。……翌朝、私たちは彼が買った土地を見にアウトカへ出かけました。……（マリヤ落胆、チェーホフ怒る）……兄は、私がヤルタの女学校に就職できるようにはやばやと校長ワルワーラ・コンスタンチノヴナ・ハルケーエヴィチに交渉しました。……十一月のはじめに私はモスクワへ発ち……〉（★マリヤ『兄・チェーホフの思い出』）

〈ヤルタに地所を買って、冬を過ごす場所をつくろうと思っている。ホテル……遍歴がこれからも続くかと思うと、ぞっとしてしまうから。ここでなら母さんも一緒に冬を過ごせるだろうし、ヤルタには冬がない。十月も末だというのに、バラやいろんな花が競うように咲いています。木々は緑で、暖かい。水も豊かだし、必要なのは家だけ。〉（十月二十六日、末弟ミハイル宛）

交通事情―
ヤルタからセヴァストーポリまで連絡汽船、セヴァストーポリから、「セヴァストーポリ－ペテルブルグ間長距離列車」に乗って車中二泊。三日目の朝、モスクワに到着。

（モスクワ発着は「クールスク駅」（オリガ 夫チェーホフ」428）

郵便事情―
モスクワ投函、五日間でヤルタ配達。途中で開封、検閲されることがあった。

《手紙はヤルタまで五日かかる。》（〇三・二・十三）

電報事情―
二～四時間。

電話事情―
途中ハリコフで中継。申し込んでから待つ。約三十分で繋がる。ちなみに●チェーホフは一八九九年九月にヤルタの自宅に電話を入れたが、まったく利用しなかった。

そして、ヤルタの親切で厳格な主治医イサーク・アリトシューレル博士！　ヤルタの医師会会長。

アリトシューレル
主治医

一〇月一四日　「モスクワ開かれた芸術劇場」第一回公演。演目は『皇帝フョードル』好評。
一九日に『沈鐘』なんの評判も得られず。
二一日に『ヴェニスの商人』評判かんばしくなし。
二七日に『ハンネレの昇天』
教会の抗議で上演禁止。背後で警視総監ドミートリー・フョドローヴィチ・トレーポフが動いていた。
一一月四日に『専制者』（ピーセムスキー）
注目されることもなく失敗。
一二月二日に『グレタの幸福』（ウィーンの作家マリエット）と『宿屋の女将』（ゴルドーニ）の二本立て。客席の半分が空いていた。

一二月一〇日　★マリヤ、ネミローヴィチ－ダンチェンコの手配した切符で『皇帝フョードル』を観る。マリヤはヤルタの●チェーホフに手紙を書く。
〈俳優はみんなすばらしい。きっと『かもめ』も上首尾よ〉

一二月一七日　『かもめ』初日
二十四回の稽古（うち九回がスタニスラフスキー、十五回がネミローヴィチ－ダンチェンコ）
三回の舞台稽古。
スタニスラフスキーはトリゴーリン役。

初日の前夜、〈あまりうまくない総稽古がおわったとき、チェーホフの妹の★マリヤが劇場に現われた。彼女はヤルタからのよくない知らせに胸を痛めていた。病人がこのような容体のとき、『かもめ』が二度目の失敗をしたらと考えると、彼女はすっかりおじけづき、わたしたちが身を賭けてやろうとするこの冒険をみとめることができなかったのだ。〉（スタニスラフスキー『芸術座のチェーホフ』）……とスタニスラフスキーは述懐しているが、これはおかしい。★マリヤは一二月一〇日の手紙で〈きっと『かもめ』は上首尾よ〉と書いているからだ。

初日当日

客席には★妹のマリヤとチェーホフには一つ年下の弟イワンがいた。
〈劇場は不入りだった。第一幕がどう流れたのか覚えていない。ただ俳優がみんなカノコ草臭かったのを覚えている。（ニーナの）モノローグのあいだ、観客に背を向けて、暗がりに座っていることがどんなに怖かったことか。無意識のうちに足をつかんでいたせいで、痙攣していたのをおぼえている。〉（スタニスラフスキー全集五）
カノコ草の汁は当時の精神安定剤で、数滴、服用する。

『かもめ』第二幕 ドルーン（医師）がいう、カノコ草の水薬でものむですなぁ

第一幕が終わると六回のカーテンコール。
〈舞台の上はほんとの復活祭となった。みんなが接吻しあった。楽屋になだれこんできたひいきの人々もそうだった。ヒステリックな発作をおこした人もいた。多くのものがうれしさに興奮して無茶苦茶におどりくるった。その夜のおわりに、観客はチェーホフあてに電報を打ってくれといいだした。この夜からわたしたちみんなとチェーホフとは、ほとんど身内のような関係となった〉
（スタニスラフスキー『芸術座のチェーホフ』）
翌十八日、★マリヤは●チェーホフに手紙を書く。

〈昨夕、『かもめ』が幕をあけました。すばらしい上演でした。第一幕は完全にわかりやすく、おもしろくいきました。女優、つまりトレープレフの母を演じたのはとてもとても愛らしい俳優のクニッペルで、目をみはるほど才能が豊かで、彼女を観たり聞いたりしているだけでうっとりします。医師、トレープレフ、教師とマーシャも上出来でした。……トリゴーリンを演じたスタニスラフスキーは生気が乏しく、かもめはミスキャストでした。……（幕が下りるたびに）大騒ぎになり俳優たちに拍手をおくり、作者を呼ぶ声がかかりました。そこでネミローヴィチ－ダンチェンコが「それでは私から作者に電報をうつことをお許しください」と発言しました。観衆から「たのむぞ、たのむぞ」と声がかかりました。〉

電文「『カモメ』上演終了ス。大成功ナリ……数限リノナイカーテンコール……一同喜ビニ酔フ」翌朝、ヤルタに届く。

一八九九年　●チェーホフ三十九歳

二月四日　★マリヤの●チェーホフ宛の手紙。

〈わたしはたちまち芸術座の俳優たちみんなと知り合いになり、お互いの親交がはじまりました。昨夕、『かもめ』をみに行きました。三度目です。一回目二回目よりももっと大きな満足感をあじわいました。……ヴィシネフスキーが私を舞台の袖に招いてみんなに紹介してくれました。ああ、彼らがどんなに喜んでいたか知ってもらえたら……〉

〈モスクワ芸術座の劇団と私のつきあいは、俳優のアレクサンドル・レオニードヴィチ・ヴィシネフスキーを介してはじまりました。彼はやはりタガンローグの人で、アントンとは学級が別で兄より三つ年下でしたが、同じときに中学校へ通っていました。……一月のはじめに、私はヴィシネフスキーに紹介され、それから彼は同郷人として私の家にお客にくるようになりました。芸術座を訪れたあるとき、私はそのとき『かもめ』をもう三回みていましたが、ヴィシネフスキーは私を舞台のそでによんで、この上演の参加者全員に紹介してくれました。彼がチェーホフの妹として私をみんなに紹介したときには、アントンにたいするみんなの気持がそのまま私にそそがれました。俳優たちみんなが私にお祝いをののべ、抱擁し、このうえなく優しい言葉をかけてくれました。私がオリガ・レオナールドヴナ・クニッペルにはじめて会ったのもそのときで……オリガは私と知り合って喜びのあまり大はしやぎしました。……私たちが知り合った直後に、私は冗談にヤルタのアントンにこう手紙を書きました。「あなたがクニッペルに求愛なさることをおすすめします。私のみるところ、彼女はきわめて興味のある女性です。……〉（マリヤ『兄チェーホフの思　い出』）

『かもめ』のあとの演目は、
『アンチゴーネ』（ソフォクレス。一八九九年一月一二日初日）不評。
『ヘッダ・ガーブラー』（イプセン。二月一九日初日）芳しからず。

こうして芸術座は、最初のシーズンに、八つの演目をレパートリーにしたわけである。

なお、一月一〇日、工場労働者のために『宿屋の女将』を特別上演したが、ネミローヴィチ－ダンチェンコが警視総監トレーポフに召喚された。労働者向けに上演するときは、第四検査官の検閲を必要とするが、劇場側はそれを知らなかった。

〈「開かれた劇場」という理念は、お役所の官僚主義に握り潰された。そこでこれまでの「モスクワ公開劇場」という名称を「モスクワ芸術座」と改めて、お詫びの印とした。「モスクワ芸術座」という新名称は●チェーホフの助言による。〉（ジーン・ベネデティ）

一月二七日　●チェーホフ、全小説の版権を当時ロシヤ一の出版社「マルクス書店」に売ったことを★マリヤに報告。

〈僕は七万五千ルーブリを三期に分けて受け取る。ただし戯曲の版権は別。……もし♠クニッペルと知り合ったなら、よろしく伝えてくれ。ヴィシネフスキイにもよろしく。〉（ヤルタ発チェーホフ書簡）

ヴィシネフスキイは芸術座の名優。タガンローグ中学の同窓生で、芸術座の会計管理を受け持っていた。

二月八日　マールイ劇場（帝室劇場）の首席演出家A・M・コンドラーチェフ、『ワーニャ伯父さん』の上演を●チェーホフに打診。

〈次のシーズンは、ぼくの芝居『ワーニャ』が、マールイ劇場で上演されるんだ。儲かるよ。〉（二月二二日付ヤルタ発●チェーホフ書簡。医者仲間のイワン・オルロフ宛）

どれほど儲かるのか。

〈いま、『ワーニャ伯父さん』の第三幕が始まりました。大した受け方です。一四〇〇リーブリの上がりです。こうしてあなたは今日も一四〇リーブリをおもうけられたのです。〉（一九〇三年一一月二日付、スタニスラフスキー発チェーホフ宛書簡）

●チェーホフは興行収入の一〇パーセント

を受け取っていた。

三月二五日　マールイ劇場上演選定委員会、『ワーニャ伯父さん』第三幕の「発射の場」の書き替えを●チェーホフに要求。

三月二六日　ネミローヴィチ－ダンチェンコ、★マリヤ・チェーホワに面会。「芸術座は訂正なしで上演する。兄さんにお取り次ぎいただきたい」と申し出る。ちなみにネミローヴィチ－ダンチェンコはマールイ劇場の上演演目選定委員会の委員の一人でもあった。

その日のうちに★マリヤは、兄チェーホフに手紙を書く。

四月十日　●チェーホフ、モスクワへ来る。●チェーホフ、『ワーニャ伯父さん』を芸術座に渡すことにする。

四月二十五日
●チェーホフからゴーリキィへ。
〈……あなたはいつモスクワへ見えますか？　……僕だけのために『かもめ』の非公開の上演があります。もしおいでになるなら、お席を差し上げます。僕のアドレスは、モスクワ、マラーヤ・ドミートロフカ、シェシコフ家、第十四号。五月一日以後は、田舎（モスクワ県ロパースニャのメリホヴォ）へ参ります。〉（四月二十五日、モスクワ）

〈私たちはドミートロフカのシェシコフ館に引っ越しました。アントンが来たとたん、私たちの部屋がまた騒がしくなりました。旧い友人たちや、作家、俳優たちの誰かが来ない日は文字通り一日もありませんでした。……ある日、軽い外套を着た背の低い老人が立っています。トルストイでした。〉（マリヤ『兄・チェーホフの思い出』）

〈●チェーホフは、妹の★マリヤの借りている小さな部屋に移り住んだ。それはマールイ・ドミートロフカのデフチャル横丁のシシコフの家だった。部屋の中ほどになんの飾りもないテーブルがおいてあった。おなじようにごく普通のインク壺、ペン、鉛筆、ふんわりしたソファ、いくつかの椅子、そして、本と原稿類をいれたトランク、つまり必要なものだけで余計なものはひとつもない。いつもこれが、チェーホフが旅行に出たときにできあがる書斎のありさまだった。まもなくこの部屋はいくつものスケッチでいっぱいになりはじめる。たいていは若い画家たちの作品である。……まもなく、書きものテーブルに薄い手帳があらわれた。それはとてもたくさんあった。……そして彼の粘りのあるバリトンがちいさい部屋にあふれるのだった。……となりの部屋ではいつもサモワールがわきたって、茶卓のまわりに、来客たちが万華鏡のようにいれかわりたちかわりした。……〉（スタニスラフスキー『芸術座のチェーホフ』）

●チェーホフ、来客の多さに閉口、同じ通りのストラスノーイ修道院の近くのアパートに、一人だけ移る（四月十四日）

〈客の群れ、際限のないおしゃべりの連続です。このお祭り騒ぎの二日目には、僕は死体のようにぐったりして疲れ果て、動くのも大儀になりました。それで……〉（四月二十四日、ヤルタの主治医イサーク・アリトシューレル博士宛）

ところがトルストイがまた●チェーホフに会いにやってくる。

五月一日　まだ『かもめ』を一度も見ていない●チェーホフのために、芸術座は、裸舞台で、ただしメーキャップをして衣裳もつけて上演してみせる。場所はパラディーズ劇場。

五月五日　●チェーホフは♥オリガ・クニッペルにメリホヴォの屋敷の写真を贈る。それにはこう認められている。

〈『かもめ』が執筆された僕の家。オリガ・レオナールドヴナ・クニッペルへ。僕の思い出とともに〉（井上はメリホヴォのチェーホフ記念館で複製が飾ってあるのを見た。翻訳文は米原万里さん。なお、本物はヤルタのチェーホフ記念館にあるとのこと）

井上註—綿密な調査の結果、最初に動き始めたのは●チェーホフと判明した。●チェーホフは屋敷の写真を渡すことで、「メリホヴォへいらっしゃい」と誘っているのである。

五月七日　メリホヴォへ帰る前、芸術座に寄って、有名な記念写真を撮ってもらう。写っているのは……

ヴィシネフスキー
ルージスキー
●チェーホフ（オリガを意識している）
ネミローヴィチ‐ダンチェンコ
♥オリガ・クニッペル（うっとりしている）
スタニスラフスキー
ロクサーノフ
ニコラーエワ
アンドレーエフ
ラエーフスカヤ
アルチョーム
リーリナ（スタニスラフスキーの妻）
チホミーロフ
メイエルホリド
（★マリヤは入っていない）

ネミローヴィチ－ダンチェンコとスタニスラフスキーは、一八九九－一九〇〇年シーズンのための準備を始めた。
トルストイ『イワン雷帝の死』（九月二十九日初日）
シェイクスピア『十二夜』（十月三日初日）
ハウプトマン『馭者ヘンシェル』（十月五日初日）
チェーホフ『ワーニャ伯父さん』（十月二十六日初日）
ハウプトマン『寂しき人々』（十二月十六日初日）
モロゾフの投資額はすでに二二〇〇〇ルーブリに達していたが、彼は九九年一〇〇年シーズンのために十二万ルーブリという巨額な補助金を出すと発表した。（ベネデティ）
五月八日　●チェーホフと★マリヤ、メリホヴォへ帰る。マルヤは母を伴っていた。マリヤはメリホヴォでの最後の夏を過ごしながら、ヤルタへ送る荷物を作り始める。
〈……アントンは書斎の壁を全部占領している本棚の大量の蔵書を、私たちの故郷の町タガンローグに寄贈しました。ヤルタに発送するために梱包したのはとくに兄が好きだった作家の本だけ（プーシュキン、ゴーゴリ、トルストイ、ネクラーソフなど）と、医学書のほとんど全部でした。〉（マリヤ『はるかな思い出』）

1899/39才

五月二十九日　♥オリガ、メリホヴォを訪問。
●★♥
〈……ユーモアのセンスのある穏やかなロシア婦人の典型のようなお母さま……控えめだが自分の領地を自慢する少年のような劇作家……チェーホフは、大地がもたらす、あらゆるものを愛していました。あの三日間は、煌めくばかりの予感と、歓喜と、太陽にみちていました。〉（オリガ『回想録』）

4日間
3泊4日

……3 2 1 31 30 29
6

六月一日　♥オリガ、芸術座の休暇をすごすために弟コースチャのいるカフカスのムッヘート（現グルジアのムツヘタ市）へ向かう。弟は鉄道敷設技師で、そのころカスピ海と黒海を結ぶ鉄道の予定地の測量をしていた。
六月十六日　カフカスの♥オリガへ書かれた●チェーホフの第一信。
〈あなたはどこにいられるのです？　……あなたは僕らのことなんかすっかり忘れて

コーカサスへお嫁に行ってしまったのでしょうか。もしそうだとしたら相手はだれです？　まさか舞台から引退なさるつもりではないでしょうね。作者は忘れられてしまった！　おお、何という恐ろしいことだ、残酷なことだ、裏切りだ。
みんなあなたによろしくと言っています。……お許しを得てあなたのお手を固く握りしめ、ごぶじを祈ります。〉（六月十六日）

ちなみにオリガがカフカスへ去ったあと、●チェーホフはペテルブルグへマルクス版全集の校正のために短い旅をして、十五日にメリホヴォへ戻ってきている。

六月十七日　★マリヤが♥オリガに手紙を書くが、●チェーホフは妹が書き上げた便箋を横から取って、

〈こんにちは、僕の人生の最後の一ページさん。ロシアの大地が生んだ偉大な女優さん。僕はあなたに会えるチェチェン人が羨ましい。ご機嫌うるわしく、魅惑的な夢をごらんになるようお祈りいたします。〉

……そう書き加えて、自分で封を糊付けしてしまう。そのとき★マリヤは「？」となったか？

★マリアは後年になって速記者に次のように語っている。

〈オーリャ（オリガの愛称）と兄の間柄がどんな結末に発展するか、私はどういうわけかついぞ考えたことがなかったのです。ときには二人の結婚の可能性が頭の隅っこのどこかにひらめいたことはありましたが。〉

（マリヤ『兄・チェーホフの思い出』）

七月一日　●チェーホフはモスクワから♥オリガに第二信を書く。

●チェーホフは、メリホヴォのことは★マリヤに任せて、モスクワでマルクス版の著者校正をしていた。

〈……バトゥームからヤルタへ一緒に行こうというあなたの提案は魅力的ですね。僕は行きます。（七月十五日、タガンローグに用事がある。そこで）十八日にノヴォロシイスクの汽船の上で落ち合いましょう。〉

●つまり具体的な行動（旅行）に出たのは♥オリガだった。

七月十八日　ノヴォロシイスク―ヤルタ航路の汽船の上で、●チェーホフと♥オリガが落ち合う。

ヤルタでは別々に泊まる。

●チェーホフは「ホテル・マリノ」

♥オリガはチェーホフの知人スレージン家。

日中の●チェーホフは、新築中の家の工事現場を検分。それから♥オリガと散歩。
〈彼女（オリガ）は物思いに耽っています。……昨日、彼女が僕に会いにきたので、お茶を飲みました。彼女は沈黙勝ちで、じっと坐っていました。〉（七月二十一日付、●チェーホフから★マリヤ宛）

八月二日　●チェーホフと♥オリガ、鉄道でモスクワへ向かう。

●チェーホフは全集の著者校正と『ワーニャ伯父さん』の稽古の立ち会い。
♥オリガは稽古。
★マリヤはメリホヴォ。二三〇〇〇ルーブリで売却する算段をつけている。

八月二十四日以前に、少なくとも二回、●チェーホフは♥オリガの家（三部屋のアパート）を訪問している。一度目は午後三時の午餐、二度目は午後七時の夕餐。（チェーホフ書簡6、7による。いずれも名刺への書き込み）

オリガの父はドイツ系の技師。すでに死亡。母のアンナ・イワーノヴナは声楽家で、チャイコフスキーのロマンスの名歌手。ネミ　ローヴィチーダンチェンコが校長をしているモスクワ音楽愛好家協会付属音楽演劇学校声楽科の定員外教授。
♥オリガは母の手引きでネミローヴィチーダンチェンコの舞台芸術講座に三年間、通って抜群の成績をあげ、芸術座に入団した。

八月二十四日以前のある日　喀血。

〈……先日ヤルタへ行き、それから自分の劇（『ワーニャ』の稽古に立ち会うためにモスクワへ帰ってきましたが、こちらでちょっと病気になり、またヤルタへ行かねばなりません。あした発ちます。……いつヤルタへこられますか？　……では、お元気で〉（八月二十四日、ゴーリキイ宛）

八月二十五日　モスクワ出発。
二十七日　ヤルタ着。

〈可愛い女優さん……僕は無事に着きました。……たいてい家に坐ってあなたのことを考えています。……達者で、陽気で、幸福でいてください。仕事をなさい。飛び跳ねなさい。夢中におなりなさい。お酒をお飲みなさい。そしてもいそうおできになるなら、客員の作者を、あなたの心からなる崇拝者のことを忘れないでください。〉
（九月三日　♥オリガ宛）

九月八日　★マリヤと母、ヤルタに到着。

〈走り書きと香水とキャンディ受取りました。ご機嫌よう、可愛い、大事な、素晴らしい女優さん！　……ぼくの喜び！　……マーシャは、あなたが僕の手紙を受け取らなかったと言っています。どうしてですか？　なぜです？　あなたの手紙を読むとすぐに、出したのに。（井上からチェーホフ先生へ。♥オリガは、九月三日付の●あなたの手紙を★マリヤに見せなかった。まだ知られたくなかったのです）……可愛い女優さん、いつ僕らは会えるのでしょう？……作者のことをお忘れなく。さもないと僕はここで溺れ死ぬか、むかでと結婚しますよ。　……〉（九月九日　♥オリガ宛）

十月二十五日　★マリヤ、モスクワへ戻る。
翌二十六日は『ワーニャ伯父さん』の初日。

〈わたしたちの上演した『ワーニャ伯父さん』は大成功をおさめた。閉幕のとき観客たちはチェーホフに祝電を！と要求した。〉（スタニスラフスキー『芸術座のチェーホフ』）

〈……みんな素晴らしく演じた！　芸術座の人々はなんて感じやすく、知性的なのか。なんて豊かな芸術的な才能があるのでしょう！　この劇団のすべてが、着実で真摯で立派だという印象を与えます。〉（チェーホフ宛ゴーリキイの手紙）

〈可愛い女優さん、素晴らしい人。……電報は二十七日の晩、ぼくがもう床についてから来はじめました。電報は電話で伝えてきます。ぼくはそのたびに目を覚まして、暗やみの中をはだしで電話口へ駈けつけました。ひどく冷えてしまいました。それからやっと寝ついたと思うと、またしても電話のベルの音。自分の名声がぼくを眠らせなかったのは、この時がはじめてです。……もしあなた方がお揃いで春にヤルタへおいでになって、ここで芝居をして休息なさるとしたら、それこそ驚くほど芸術的なことでしょう。……〉（十月三十日　●チェーホフから♥オリガへの書簡）

この提案は翌年四月に実現して、芸術座はセヴァストーポリとヤルタで、『かもめ』『ワーニャ伯父さん』『寂しき人々』『ヘッダ・ガーブラー』の四作品を上演することになる。

大絶賛の嵐の中で、一人だけ酷評したのがトルストイ。

〈ドラマがどこにあるというんだ。なにをいわんとしているんだ。筋がもたついているじゃないか。この芝居には悲劇の状況がみられないし、その代わりにあるのはギターとこおろぎの音だけではないか。わたしはシェイクスピアが大嫌いだが、この戯曲はそれよりもっとひどいものだ。〉（俳優のサーニンに、ネミローヴィチ－ダンチェンコに、そしてのちにチェーホフ自身に）

一九〇〇年　●チェーホフ四十歳

一月十七日　●チェーホフ、トルストイ、コロレンコとともに、ロシア学士院の名誉会員に選出される。（学士院会員は十名）。特典は特別パスポートの授与、税関手続きなし。
この日、喀血。

〈……春には、一座はハリコフへも行くそうですね。その時は、僕はあなたに会いにまいります。ただこのことは誰にもいわないでください。……〉（二月十日　●チェーホフから♥オリガ宛）

〈……セヴァストーポリへも行きます。ただ繰り返して言いますが、誰にも言わないでください。〉（二月十四日　●チェーホフから♥オリガ宛）

二月十八日　レーニンが『馭者ヘンシェル』を隠れて観にきて感激する。これがのちに劇団の生存を保証することになる。

四月初め　〈……私は（★マリヤは）、復活祭の休暇でヤルタの家へ帰りました。そのころにはもうすっかり仲良しになっていた♥オリガが私に同行しました。劇団の巡業は復活祭週間にだけ、まずセヴァストーポリで、つぎにヤルタで、幕をあけることになっていました〉（マルヤ『兄・チェーホフの思い出』）

●★♥

四月八日　♥オリガ、セヴァストーポリへ。

四月十、十一、十二、十三日　セヴァストーポリで芸術座公演（四作品）
十日、『ワーニャ伯父さん』●チェーホフ、支配人席で観る。観客の求めで舞台に上がる。
十二日　『ヘッダ・ガブラー』を観る。
〈イプセンは本当の劇作家ではない！〉とヴィシネフスキーに言う。
十三日　『かもめ』……●チェーホフ、具合が悪くなり、ヤルタ帰る。

四月十四日（金）　芸術座一行、ヤルタ入り。
四月二十四日まで
イワン・ブーニン
ゴーリキー
ラフマニノフ
●★♥

四月十六日　ヤルタで『ワーニャ伯父さん』
四月二十三日　ヤルタで『かもめ』
四月二十四日　芸術座一行、ヤルタから汽船でセヴァーストーポリへ、さらに鉄道でモスクワへ。
五月六日　●チェーホフ、寂しさに耐えられず、★マリヤには「友人の画家レヴィタンの見舞い」という口実を作って、モスクワへ行く。
五月十七日　●チェーホフ、モスクワを発ってヤルタへ。
〈……モスクワにいるときからひどい頭痛で熱があったのですが、じつはあなたに隠していました。今は何ともありません。お元気で、お仕合せに。マーシャ（マリヤ）があなたにお便りするのを知って、取り急ぎ一筆。〉
五月二十日　★マリア、モスクワへ帰る。
〈……ずいぶん出勤がおくれたので、校長にひどく叱られてしまいました。〉（マリヤ『兄・チェーホフの思い出』）

ワルワーラ・コンスタンチノヴナ ハルケーエヴィチ校長

六月一日　モスクワ芸術座の稽古休暇。♥オリガ、母親とカフカスのバトゥームへ旅行する。弟のコーチャと会うためだった。ところが●チェーホフもゴーリキーとカフカス旅行に出かけていて、二人はばったりと出会う。汽車の中で六時間。♥オリガ、●チェーホフに「七月の稽古休暇にヤルタへ行く」と約束する。

ワスネツォーフ、アレクシン、スレージン。グルジア軍用道路をたどる旅。

七月一日　★マリヤ帰省。
七月三日　♥オリガがくる。この日から八月五日まで、
●★♥……！
●チェーホフと♥オリガ、「君・あなた」の関係になる。
八月五日　●チェーホフ、セヴァストーポリまで♥オリガを見送る。
〈可愛い僕のオーリャ、僕の喜び、ご機嫌よう。……昨日、スタニスラフスキーがきて、戯曲（『三人姉妹』）のことを話し合い、約束をしてしまった。……今にも扉が開いて、君が入って来るような気がします。けれども君は入って来ない。……〉（八月九日　♥オリガ宛）
●チェーホフ、ヤルタで『三人姉妹』に着手。

〈……はじめの部分はまあまあで、滑らかにできたように思う。……マーシャは明日発ちます。……〉（八月十八日）

八月十九日　★マリヤ、モスクワへ発つ。

〈……ヤルタはもう秋です。では可愛いひと、どうかお元気で。……さようなら、ママさん、僕の天使、美しいドイツ女さん。君がいなくて、僕は地獄のように淋しい。〉（八月二十日）

九月八日　〈……僕は君を幻滅させるのがおそろしい。髪はひどく抜けてきたし、一週間もすると禿げ頭のおじいさんになるかもしれない。分かるかい、おそろしいという気持が。……スープしか飲めないのだよ。夜は冷え込むので家にいる。金はないし、髭も白くなってきている。〉

九月十四日　♥オリガ宛〈……ずっと病気をしているのだから、しょんぼりと戯曲（『三人姉妹』）のことを考えています。〉

九月二十日　母、モスクワへ。

　九月二十四日　芸術座『雪娘』初日。大失敗。

十月十六日　●チェーホフは『三人姉妹』の第一稿を書き上げる。

十月二十三日　●チェーホフ、モスクワのトヴェルスカーヤ街のホテル・ドレスデンに投宿。

　十月二十四日　芸術座『民衆の敵』初日。大成功。

十月二十四日　『三人姉妹』の本読み。

芸術座の面々の感想。
―こんなのは戯曲じゃない。
―そう、筋書きにすぎないのでは。
―役柄が不明瞭だ。
―作者は喜劇というが、悲劇ではないか。

●チェーホフ、怒る。スタニスラフスキーとネミローヴィチ－ダンチェンコがなだめる。チェーホフは改訂することにする。（以上、スタとダンの回顧録から）

十二月十一日　●チェーホフ、ポーランドのブレスト。十二日はウィーン。十四日はニース。改訂稿を書く。

十二月二十八日　ニースから。〈……僕は最後の幕を大急ぎで仕上げた。すばらしい作品ですが、書き方が古いので、文学に慣れ

た人びとには何か読みづらい（意味不明）。僕もやっと最後まで読みあげた。……では、お嬢ちゃん、僕は君のものですよ！〉

一九〇一年　●チェーホフ四十一歳

一月二十八日　ピサ。

一月二十九日　フィレンツェ。

二月二日　ローマ。

二月二十日　●チェーホフ、ヤルタに帰る。♥オリガはペテルブルグにいる。この日、『ワーニャ伯父さん』のペテルブルグ初日。

三月十六日　♥オリガ宛〈……僕の健康がどうやらまったく老人じみてきた。だから、君が僕という男から受け取るのは、配偶者というよりはお爺さんですよ。〉

井上註。▼チェーホフは、例によって、今回も微かに「逃げ」を打とうとした。

三月三十日　ヤルタの●チェーホフのところへ♥オリガがくる……というより、乗り込んできたといった方が正確か。

●★♥

チェーホフの母や妹のマリヤの、疑い深い視線のもとで秘密の愛人の役を演じるのは、〈どんなに苦しかったか。私たちはいつまでこそこそしていなくてはならないのですか？〉（トロワイヤ）

しかし●チェーホフは♥オリガに、はっきりした返事をしなかった。

四月十四日　♥オリガ、腹を立てて、モスクワへ発ち、〈口の中に苦い味をかみしめながら、お別れいたします〉と、書き送る。

●チェーホフは、♥オリガに押し切られた格好で、生まれて初めて結婚を決意する。

四月二十二日　〈……五月はじめに僕はモスクワへ行くから、できたら結婚式をあげてヴォルガの旅に出かけよう。……僕の咳は僕からあらゆる精力を奪い、僕は力なく未来について考え、まったく気乗りせずに書いている。未来のことは君が考えてくれたまえ。……芸術座のために四幕のボードビルか喜劇（『桜の園』のこと）を書いてみたいという強い欲望が心に浮かぶ。……僕は君に電報しよう。誰にも言わないで、ひとりで駅に来てくれたまえ。〉

四月二十六日　〈子犬のオーリカ！……僕は五月の初旬に（モスクワへ）行きます。…

…もし君が、モスクワ中で誰ひとり僕たちの結婚を、それが住むまで知らないと約束してくれるなら、僕は到着のその日に君と式を挙げてもいい。結婚式や、祝辞や、あいまいな微笑を浮かべながら片手に持っていなければならないシャンパンが、なぜか僕はひどく恐ろしい。〉

五月十一日　●チェーホフ、モスクワに行く。

五月十六日　●シチゥローフスキー博士の診断を受ける。「両肺尖部に病巣が拡大」
（ベールドニコフ『チェーホフの生涯』）

●チェーホフから、ヤルタの★マリヤへ。〈一人で馬乳酒療法をするのは退屈です。といって、誰かを連れていくのはエゴイズムだから、しかたありません。結婚したいと思うのだけれど、書類が手元になくて、みんなヤルタの机の中です。〉

●チェーホフは、じつは書類を持ってきていた！

★マリヤから●チェーホフへ。〈兄さんの結婚についてひとこと私に意見をいわせてください。結婚手続きなどとんでもないことです！　兄さんにしてもそんな余計な興奮がなんになりましょう。……所帯持ちにならいつだってなれます。あなたのクニプシーツにそうつたえてください。なによりもまず、兄さんが健康になることを考えなくてはなりません。私がエゴイズムからいっていると考えないでください。兄さんは私にとっていちばん親しい、大切な人でしたし、幸福以外には兄さんのためになにものぞんでいないのです。兄さんが健康で幸福でありさえしたら、それ以上私はなにもいりません。……〉

五月二十五日　●チェーホフと♥オリガ、結婚式を挙げる。
●チェーホフは、芸術座のヴィシネフスキーに頼んで、挙式当日に♥オリガの親戚を晩餐会に招待して一ヶ所に集めておき、そのすきに、小さな教会で式を挙げた。参列したのは、♥オリガ側は弟と伯父、●チェーホフ側は、だれだかわからない二人のモスクワ大学生。

★マリアと母はヤルタにいる。

●チェーホフと♥オリガ、オリガの母に挨拶したあと、ウフィムスカヤ県アクショーノヴォへ馬乳酒療法に出かける。発車寸前、●チェーホフは電報を二通、打つ。母と★マリヤ宛。〈愛する母上、祝福してください。僕は結婚しました。すべてこれまで通りです。馬乳療法を受けに出発しま

す。アクセノーヴォ、サマーロ・ズラトウーストフコイに行きます。体の調子は良好です。〉

レストランで待っているヴィシフフスキー宛。〈僕たちは結婚しました。〉

五月二十九日　ヤルタの★マリヤから、アクセノーヴォの●チェーホフへ。〈……兄さんが突然結婚してしまったことが、どうしても私には腑に落ちないのです。……結婚という事実は、いきなり私を頭のてっぺんから足の先まで不安にし、兄さんのこと、自分のこと、これからの私たちとオーリャとの間柄が急に悪い方へ変わるのではないか、それが心配です。……私はかつてないほど孤独です。……私は彼女（オリガ）に腹を立てています。どうして自分が結婚することを素直に話してくれなかったのか、その場のはずみでこうなるなんてありえないことですもの。アントーシャ、私はとても悲しいのです。気分もすぐれない。……兄さんだけに会いたい……〉

★マリヤからブーニン宛。〈私は最悪の気分です。自分の人生は破滅です。すべて兄の結婚のせいです。青天の霹靂でした！……いったいオリガは、病人に結婚はむりだということがわからないのでしょうか。どうして兄は結婚を許したのでしょうか。それもモスクワでこっそりと……。裕福で寛大な夫をみつけてくださらないでしょうか。……とにかく、アントーシャとオーレチカのせいで、打ちのめされています。〉

六月二日　アクセノーヴォの●チェーホフから、ヤルタの★マリヤ宛。〈……私が結婚したからって、私の生活も、私がこれまですごしてきた環境も、なに一つ、変わりはしない。〉

六月三十日　●チェーホフからブーニン宛。〈僕はヤルタに発ちます。……僕が結婚させられたことは、すでにお聞きおよびのはずです。この場に至って、僕は離婚手続きをしています。弁護士を雇います。〉
井上註。もちろん「離婚」はチェーホフの例の冗談だが、実感がこもっている……かもしれない。

七月八日　●チェーホフと♥オリガ、ヤルタに帰る。

●★♥
オリガ、これまで母と妹に甘やかされつづけてきた夫チェーホフを鍛える。
―食事の前の手洗い
―食事時間の厳守

―頻繁な下着の交換
―衣服にこまめにブラシをかける
―頭髪を洗う
―食事の内容も改善する
―水浴療法を行なう

〈怒りの爆発が起きたこともあったし、若い嫁は夫をつれて家を出ると幾度も脅やかしたりもした。〉（トロワイヤ）

★マリヤ、心労のため、ヤルタの病院に入院する。（帰宅八月二十三日）

●チェーホフも、大腸炎を患う。

●チェーホフ、♥オリガに「自分の死後に▲マリヤに渡してほしい」と一通の手紙を渡していた（八月三日のことらしい）。これはつまり「遺書」だった。

〈愛するマリヤ、僕はきみにヤルタの家を遺贈します。きみの人生の終わりまできみのものです。それから僕の戯曲からの金や収入も、きみのものです。母の世話を頼みます。僕の妻オリガ・レオナールドヴナには、グルズーフの（ヤルタの、私用の浜辺のある）別荘と五千ルーブリを遺贈します。〉

井上註。★マリヤと♥オリガが和解したのは、オリガがこの手紙を開封し、マリヤに読ませてからだった。つまり、オリガはチェーホフがまだ生きているのに義妹宛の手紙を開封してしまったことになる。
　あるいはこうも考えられる。チェーホフはオリガと相談の上で、この手紙を書いた。そこでオリガはすでに内容を知っていた。義妹との仲を修復するために、チェーホフが生きているにもかかわらず、手紙をマリヤに渡した……ということだったのかもしれない。

八月二十日　♥オリガ、芸術座の稽古のためにモスクワへ出発。モスクワ、スピリドノフカ街のボイツォフ館に部屋を借りる。

●チェーホフから♥オリガ宛。〈……君は、マーシャが決して君となじまないだろう云々と書いている。何という馬鹿げたことだろう。君は万事を誇張する。馬鹿なことを考える。僕は君がひょっとしてマーシャと喧嘩をしやしないかと心配している。僕は君にこう言おう。一年だけ辛抱して黙っていたまえ。一年だけ。……何を言われようと、君は黙っていたまえ。〉（九・三）

九月十五日（土）　●チェーホフ、ヤルタを発つ。十七日朝、モスクワ着。

芸術座の『三人姉妹』の舞台稽古の立ち会い。

九月二十一日　『三人姉妹』を観る。

十月二十六日　●チェーホフ、モスクワを発ち、二十八日、セヴァストーポリからは、海が時化ているので駅逓馬車で、ヤルタに帰る。

モスクワでの♥オリガと★マリヤの議論。

「この傑出した人物の幸福のために、全身を捧げるべきである。どうしても芝居を続けたいと言い張るのはまちがっている。」

「……でも、どうしても舞台に立ちたい。人気を得たい」

《……舞台を捨てなかったことを悔やんでいます。……このわたしときたら、愛するあなたにすっかり身を委ねるかわりに、当てにもできない職業に追われているのですから。わたしを妨げているのは、一体何なのでしょう?》（十一・六）

〈僕が今、ヤルタでしているような味気ない生活のために、君が舞台を捨てるなら、それは君にとって無意味なことだ。〉（十一・十一）

《……わたしはいつも、あなたが健康を回復して、冬の一時期でもモスクワで暮らせるようにならないかしらと、願ってきました。……わたしは非難の眼差しを感じています、どうしてわたしが舞台を捨てないのかという非難の眼差しを……》（十二・四）

ワーニャの三人姉妹の批判。

〈……僕の書斎には今、ランプが燃えている。〉（十一・十七）

〈……いま、警察署長が電話で、ゴーリキイはどこにいるときいて来た。……君とマーシャが新しい住まいに満足しているのが、僕にはとてもうれしい。……トルストイを診ているのがアリトシューレル……〉（十一・十九）

〈……ロシア人は怠惰だ。大酒をのんで、昼間から眠り、夢を見ながら鼾をかく……彼らは犬同然の思考形態をしている。叩かれれば弱々しくうめき声をあげて小屋に逃げ込み、撫でてやれば脚を投げ出して大の字になってねころんで尻尾をふる。……二百年先きはよくなると話し合っているが、明日のことをよくしようと考えるものはひとりもいない〉（ゴーリキイ『回想』）

……とチェーホフが語った。

〈……ある医者は、僕がモスクワに住んでもいいと言い、ある医者はとんでもないと言う。そして僕はもうここに居続けるのは御免だ。真っ平御免だ！〉（十二・四）

〈たった今、電話でトルストイと話をした。……ヒマシ油を飲んでいる……〉（十二・七）

〈……昨日、アリトシューレルが来て、聴診器を当てたり、打診したりして、帰って行った。そのあとで、喀血が始まった。……〉（十二・十）アリトシューレルは、チェーホフがいくら懇願しても、モスクワに行く許可を出そうとしなかった。

〈……ゆうべ、マーシャが着きました。〉（十二・十九）

〈……ネミローヴィチ－ダンチェンコがこんなふうに知らせてきた。「新聞街のオーモンの劇場を十二年間、借りて、必要な改修をすることになりました」……〉（十二・二十）

〈……もしお金が入用だったら、いるだけネミローヴィチ－ダンチェンコから取りなさい。……マーシャは有頂天になって、ドレス一枚で庭を歩いている。……シップはもう昨日、取った。……明日、アリトシューレルが発泡膏を二枚、貼ってくれる。〉（十二・二十二）

《……あなたは心の中では、わたしの愛が足りないと思っているのでしょうね。……わたしが芝居を捨てないことや、あなたの真の配偶者でないことを、あなたは責めていらっしゃるのね。お義母様が、わたしのことをどう思っていらっしゃるかも分かっています。お義母様は正しいし、それも全面的にです。アントン、許してください。わたしが軽率なのです。……わたしと結婚して後悔してらっしゃいますか？ そうならそうと率直に、気にせずにいっていいのよ。わたしは自分でもおそろしく気が咎めているのです。わたしにどうしてほしいのか、いってください。》（十二・二十三）

〈……君はつまらないことで泣き言を並べているね。〉（〇二・一・三）

アリトシューレル、モスクワへ行く（十二・三十）

一九〇二年 ●チェーホフ四十二歳

〈……だってモスクワに君が暮らしているのは（別れ別れに暮らしているのは）君ひとりの意志ではない。僕ら二人がそう望んでいるからじゃないか。母にしたって、ちっとも君に腹を立てちゃいない。……〉（一・三）

〈……ヤルタは一面の雪景色。……さすがにマーシャも、もうヤルタをほめずに黙りこくっている。〉（一・五、七、九）

〈……明日、マーシャが発つ。僕はまたひとりぼっちになる。〉（一・十一）

〈……昨日、モスクワのドクトル・シチュロフスキイがうちに来た。〉（一・二十五）

一月三十一日　エルミタージュ劇場の借用期限が切れる。モスクワ芸術座運営委員会、カメリゲールスキー横丁のオモン劇場（オペレッタやキャバレー・ショーの専用劇場）と、十二年間の賃貸契約を結ぶ。

再建費用の三〇万ルーブリをモロゾフが調達（年一万ルーブリの家賃、年間三万ルーブリの助成金も約束）

さらにモロゾフは、現在の株主からすべての株を買い取り、俳優たちに分配して購入させ、購入代金をモロゾフが貸付けた。つまりモロゾフが実質的に劇団を独占することになった。

こうしてモスクワ芸術座は経営組織を改組、ソシエテール（座員株主組合）を結成する。

モロゾフ（理事会議長）
ダンチェンコ（芸術監督）
スタニスラフスキー（演出主任）
ルージスキー（演目・舞台主任）
アレクサンドロフ
ヴィシネフスキー（会計管理）
ジェリャブジスカヤ
カチャーロフ
リリーナ（スタニスラフスキー夫人）
オリガ・クニッペル
モスクヴィン
サマーロワ
シーモフ（名舞台装置家）
スタホーヴィチ
アルチョーム
チェーホフ（分割で一万ルーブリ出資）

メイエルホリドはモスクワ芸術座を脱退、何人かの劇団メンバーを引き連れて、「ロシア・ドラマ俳優劇団」を結成。根拠地はヤルタ近くのヘルソーン市。

二月二十二日　♥オリガ、ヤルタへくる。★マリヤが芸術座にかけあって実現させたという証言もあるが……（トロワイヤ）

二月二十七日　♥オリガ、旅公演のためペテルブルグへ発つ。

〈……今日の新聞に、ゴーリキイについての傑作な電報が載っている。〉（三・十一）ゴーリキイのアカデミー名誉会員選出、ニコライ二世の命令で取り消し処分。

〈……僕は毎日、歯医者通いをして歯を治している。毎日、虫歯だの充填だのだ。〉（三・二十三）歯の治療は四・一までかかる。

〈……ちびのパンフィールのために最善を尽くしてほしい。〉（三・十七）

《……（ヤルタにいる間）気分がすぐれなかったので、胃が悪いのだと思っていました。妊娠していればいいなと思っていたのに、自分がそうだとは思いもよらなかったのです。……みんなが医者を呼んでくれました。それから突然、自分に何が起きたかを察しました。……》（三・二十一）

仮空の、わが子

ペテルブルグで公演中の♥オリガ、稽古や歓迎会での不摂生が祟って流産。

四月十四日　♥オリガ、助産婦に伴われてヤルタに着く。★マリヤも帰ってくる。

★マリヤは激怒する。「オリガが妊娠中に乱脈な生活をしていたのは、許しがたい軽率さ」

五月二十五日　●チェーホフ、♥オリガを看ながらモスクワへ。専門医の診察を受けるため。担当医シトラウフ博士。

M.A. モスクワの主治医 婦人科のシトラウフ 書簡③150 一九〇四年二日 死亡

さらに♥オリガ、腹膜炎を起こす。●チェーホフは夫として、そして医師として看病。

〈オリガのまわりにいたすべて医者の中で、僕だけが正しかったのです。牛乳と生クリーム以外の食物を与えなかったのは、僕だけでしたからね。〉（六・十二、ネミローヴィチ－ダンチェンコ宛）

六月十七日　♥オリガの病状、軽快。●チェーホフ、モロゾフらとヴォルガ旅行に出発。

六月二十三日　カーマ河畔の、モロゾフの持ち村ヴィリヴォの別荘に着く。

〈恐ろしい雷鳴の轟く夜、●チェーホフはかなり大量に喀血した。〉（セレブローフ『思い出』）

〈……たしかに裕福な商人だ……劇場を建て、革命ごっこをして……それなのに工場の医療室にはヨードチンキ一つない。衛生員は呑んだくれで、消毒用のアルコールをすっかり呑んでしまい、リューマチをひまし油で治療しているありさまだ。どいつもこいつも同じ穴の狢だよ。ロシアのロックフェラーめ！〉（モロゾフの秘書チーホノフ『思い出』）

七月五日　●チェーホフ、スタニスラフスキーの別荘リュビーモフカ（モスクワ郊外）に入る。モスクワから♥オリガが合流。

八月十六日　●チェーホフ、ヤルタに帰る。

♥オリガから託された★マリヤ宛の手紙。読んだマリアと母は悲嘆にくれる。●チェーホフは〈僕が母の部屋のテーブルの上で見つけて機械的に取り上げて読んだ。〉（八・二十七）

〈……どうして君はマーシャを罵ったりしたんだ。誓って君に言う。母とマーシャが僕をヤルタに呼んだのは、僕ひとりを呼んだわけじゃなく、君と一緒に呼んだのだ。〉（八・十七）

井上註。チェーホフはオリガを「ヤルタに行こう」と誘わなかったのが原因。それをオリガが悪く解釈した。

《あなたの母さんと妹さんは、わたしが病気をしたとき、看病してくれなかったそして今度はあなただけにヤルタに来いといった。……わたしたちの別離の時がきたのですね。結構ですとも》

井上註。♥オリガは病後だった。したがって同情の余地はあるが、しかし、この女性はあまり上質な人間ではなさそうだ。

〈……またまた僕は君から奇妙な手紙を受け取った。またまた君は、僕の頭の上へいろんなものを載せるんだね。……まあ、勝手にしたまえ、お好きなように。〉（九・一）

〈……いずれ私は墓にひとり横たわるのだし、現実にも私はひとりで生きている。〉

（チェーホフ『作家の手帖』）

八月二十五日　学士院へ辞表を提出。

九月三十日　〈……突然、ドクトル・シトラウフが現われて、「君は完全に治ったのだから、好きなだけ芝居をしていい」と言ったのだよ。〉

アリトシューレル博士は反対していたのだが。……二十二日に、いやいや許可を出していた。

十月一日　★マリヤと母はペテルブルグへ発つ。♥オリガとの同居を避けたのだ。ペテルブルグからモスクワへ戻ったら、小学校の教師をしているイワン（チェーホフの弟）のところで暮らすことになっていた。

♥オリガ、独断で『煙草の害について』を芸術座に渡す。〈君は気が狂ったね！　芸術座にボードビル（『煙草の害について』）を渡すなんて！〉（十・八）

十月十四日　●チェーホフ、モスクワに着く。

―新しい芸術座を見る。

―シャリアピン、ゴーリキイ、ディアギレフ、ブーニン、スヴォーリンたちと食べ歩き、遊び歩く。ちなみにチェーホフは小食。

―『どん底』の稽古を見学。

―『闇の力』『ワーニャ伯父さん』『三人姉妹』を観る。

―咳が出るようになる。

十一月二十七日モスクワ発―二十九日ヤルタ着。母も帰ってくる。セヴァストーポリから母は駅逓馬車。

〈……戯曲（『桜の園』）は二月に送る。奥さんは三月に抱く。〉（十二・一）

《電報代は五十カペイカ》（十二・四。オリガ発）

〈……（手紙は）差し止められていたのだ。〉（十二・六。ニコライ二世がヤルタに来ていた。新教会の開堂式に。そのための信書検閲）チェーホフは招待されていたが、病気を理由に参列しなかった。

〈今度、僕がモスクワへ行ったとき、……美しい外套を誂えてくれたまえ。……君は癇癪持ちだから……〉（十二・十五）

十二月十八日　モスクワ芸術座『どん底』初日。〈……スタニスラフスキーから電報を受け取った。「ゴーリキイと劇団は大成功」……生活はどんよりと、無味乾燥に過ぎてゆく。咳が出る。……〉（十二・二十）

〈……それにしても、字も行も歪んでいるな。ろうそくをつけなけりゃ。今、つけた。〉（十二・二十一）

《服を着ないで計ったら三プード七フント（約五十キロ）です。少ない？》（十二・二十三。オリガ発）

〈（★マーシャが♥オリガから香水とキャンディを預かって帰省。母には帽子）……香水のことありがとう。〉（十二・二十一）

●チェーホフは香水好き。それからワサビ大根が大好物。大の蒸し風呂好き。ワサビ大根は刻んだり、おろしたり、ソースにしたりして、肉や魚に添える。

《（聖誕祭のお祝いの席で）ママがチャイコフスキーを歌いました。》（十二・二十五。オリガ発）

《……どうしてマーシャはわたしに一行も便りをくれないのでしょう？　彼女が（ヤルタ）に着いたこともわたしは知らないのです。》（十二・二十八。『どん底』に出演中のオリガ発）

《……マーシャはなにをしているの！　彼女はどうしてわたしに便りをくれないのかしら？　……どうして『桜の園』は三幕になるの？　四幕のほうがいいのに。……》（十二・二十九。オリガ発）

一九〇三年　●チェーホフ四十三歳

《……マーシャからやっと短い手紙が届きました。》（一・三。オリガ発）

《……午前三時、ママのところから帰ったばかり。芝居がはねたあとに行ってきました。……ママの女生徒たちが、ジプシーのロマンスやオペレッタのパートを歌い……》（一・四。オリガ発）

一月十三日　〈……十一日の朝マーシャが発ったとき、僕は気分がすぐれなかった。〉（一・十三、十六）肋膜炎の再発！

《……マーシャが着きました。彼女と会ったのはほんの数分間でした。劇場へ出かけなければなりませんでしたし……》（一・十三）

《……いつお会いできるのでしょう。いまのわたしたちの生活からはなにもいい結果は生まれません。》（一・十九）

〈……もし君が冬じゅうぼくと一緒にヤルタで暮らすとすれば、君の人生が台なしになって、ぼくが良心の呵責を感じることになり、いまよりましなことにはならない。ぼくは女優と結婚することを承知していたのだから、、冬じゅう君がモスクワで暮らすことは、はっきり分かっていたのだ。〉（一・二十）

【……チェーホフさんが良好な体調にいたるまでには、かなりの時間を要するだろうと、わたしは考えます。】（一・二十二。ヤルタのアリトシューレル博士からモスクワのオリガ宛）

〈……大至急、ネミローヴィチと相談して、彼女（コミサルジェーフスカヤ）に『桜の園』を約束していいか、ということはつまり、君たちの劇団がこの戯曲をペテルブルグでやるかどうか、僕に知らせてくれたまえ。もしやらないなら、彼女に約束しよう。〉（一・二十六）

〈……僕は健康です。何もかも順調。腸が少し悪いけれど、たいしたことはない。〉……じつは腸カタルを併発して、死ぬまで彼を悩ますことになる腹痛と下痢（日に五度）が始まっていた。

《……いまイワン（チェーホフの弟）がうちで夕食をとりました。彼はマーシャと……芝居を観てきたのです。……（来年度は）わたしは（給料として）三千六百ルーブリもらいます。……きょう、マーシャとサンドゥノフスキー小路にある三階のスチュアルト男爵の住居を見に行きました。……年間家賃が千二百ルーブリ……》（二・三）

★マーシャと♥オリガは同居中。

〈……きのう、シャボワーロフがきて、……かもめの勲章（バッジ）を届けてくれました（かもめが芸術座の紋章になる。♥オリガは、●チェーホフの死後、終身これを身につけていた）。〉（二・五）

《……次の冬をあなたがモスクワ郊外で過ごせるかどうか……アリトシューレルひとりだけでは、わたしは信じられません。……モスクワ郊外に巣を作らなければ、お母さまとマーシャも一緒に。……わたしは自分が決めたことを頑固にくずしません。（これと信じて）エネルギッシュに行動したときには、かならずうまく行ったし、自分に固執したことには決して後悔しませんでした。》（二・十一。オリガ発）

〈……ぼくはこのところずっと腸の具合が悪く、ぐったりして、やたらに腹を立てたり、泣きたくなったり……〉（二・十四）

《……いまマーシャとお風呂屋さん（蒸し風呂）に行ってきたところです。一ルーブル五十カペイカの浴室です。》（二・十八）

《……エネルギッシュな役を演じながら興奮すると、わたしの手振りはひどく大振りになるのです。》（二・二十四。オリガ発）

〈……階下の暖炉（鋳物の）が毎朝、煙を出す、とマーシャにつたえておくれ。……〉（二・二十五）

♥オリガの『社会の柱』についての批評。「クニッペル夫人はふたたび大女優の本領を発揮した」（「ロシア報知」二・二十六）

このころモスクワ芸術座で対立が発生。「古典をしっかりやろう。現代性や観客の好みばかり追いかけていると劇場はけして確固たる基礎を築くことはできない」というネミローヴィチ＝ダンチェンコ派と、「新作を」と主張するスタニスラフスキー派。……モロゾフ議長は「しばらく議長を休みたい」と、大いに揉める。（ネミローヴィチ＝ダンチェンコ『回想録』、スタニスラフスキー『芸術におけるわが生涯』、オリガ書簡三・三など）

《……私たち（オリガとマリヤ）は引っ越しました！　すばらしい住居です。……住所はペトロフカ通り、コローヴィン館三十五。》（三・九、三・十六）

三月二十二日　★マリヤ、モスクワを発つ。二十四日ヤルタ着。●チェーホフ、マリヤからコローヴィン館のすばさしさを聞いて、たまらなくモスクワへ行きたくなる。

オリガが持って運んでいる、モスクワのチェーホフの下着リスト（オリガ発三・二十七）
寝巻一、新品シャツ三、セーター一、厚手下着上下一、木綿パンツ一、靴下三、ハンカチ三。

《……今夜で春のシーズンの千秋楽、はねたあとプラハに出かけましたが……》（三・三十一）

四月五日から♥オリガはペテルブルグへ。芸術座の旅公演。オリガの住所は、プリトーチヌイ小路八番地モイカ運河側六一。
《……朝、繕いものをして、それから自動車で遠乗りに出かけました。》（四・十四）

四月二十二日　●チェーホフ、★マリヤにもだれにも相談せずに、モスクワへ発つ。二十四日着。コローヴィン館三十五の「我が家」に入る。モスクワ大学で検査。
モスクワ大学医学部教授で内科、結核科の第一人者、アレクセイ・アレクサンドロヴィチ・オストロウーモフ（一八四四—一九〇八）の診断書（四・二十四）
〈病巣は右肺にひどく、左肺にもひろがっている。肺気腫。腸カタルを併発。外国旅行などもってのほか、ヤルタへ行くのもやめるべきです。〉（五・二十四。ヤルタの★マリヤ宛書簡）

〈……ぼくはよくわからないのです。オストロウーモフ教授が正しいとしたら、これまでのぼくはなんのために、ヤルタで四冬も過ごしたことになるのでしょうか？〉（六・四。友人のスレージン医師宛）
〈……でも、ぼくがモスクワに落ち着いてやっと慣れたころに、医者たちがまたこんどはぼくをヤルタかカイロへ送り出すかもしれません。ぼくはほうとうによくわからないのです。〉（七・一。友人のラブローフ宛）

ともあれコローヴィン館は、話ほどいいところではなかった。エレベーターのない四階だった。〈……階段を昇って行くと、息が切れて心臓が破裂しそうになり、めざす部屋まで、三十分もかかった。〉（『コローヴィン記録』）
四月二十五日、♥オリガがペテルブルグ公演から「セワストーポリスキー号」（長距離列車名）でモスクワへ帰る。
●♥二人は前年の十一月二十七日の別離以来五ヵ月ぶりに再会する。

—モスクワ近郊ナロ・フォミンスコエのマリヤ・ヤクーンチコワ邸へ休暇旅行。
—ヴォスクレセンスクのモロゾフ別荘へ。
—ふたたび、マリヤ・ヤクーンチコワ邸へ。
七月九日　●チェーホフ、♥オリガとヤルタへ帰る。♥オリガは九月十九日までヤルタに滞在。

●★♥

♥オリガは妻というより、芸術座のための原稿督促人になる。●マリヤと衝突する。

《どうしてわたしがそちら（ヤルタ）にいると、いざこざが起こるのでしょう。なぜ、私を苦しめ、あなたはなにもしてくださらないのかしら。けれどわたしがいなくなり、あなたがわたしと別れるとすぐに、あなたは薬を処方してもらい、気の向くままに食事をして、マリヤはあなたのために、どんなことでもするようになるのね。》（十・十。モスクワのオリガからヤルタのチェーホフ宛）

九月十九日　♥オリガ、原稿（『桜の園』）を持たずにモスクワへ発つ。

《……あなたの戯曲をみんなクビを長くして待っています。》（九・二十四）

《首を長くして戯曲を待つことにします。もしあなたがそれをわたしにではなく、直接首脳部に送るようなことになったら、わたしはあなたと離婚しますからね、覚えていらっしゃい。》（九・二十五）

〈第四幕完成。清書中〉（九・二十六。電報）

〈……戯曲を仕上げたところ。いまはもう清書している。〉（九・二十七）

《……戯曲の完成おめでとう。》（九・二十七）

《……わたしが出発したあと、マーシャの神経はなおりましたか？》（九・二十八）

《…………マーシャはふさぎこんで（当時の人気作家レオニード・アンドレーエフのところへ）出かけませんでした。マーシャとわたしを招いてくれたのですが……》（十・十二。マーシャはモスクワに帰っている）

〈戯曲はもう送った。元気。接吻する。みなによろしく。アントニオ。〉（十・十四。電報）

《ばんざーい！　『桜の園』がやってくる！》（十・十五）

《奇跡の戯曲！　歓喜と涙で読みました。接吻します。ありがとう。オーリャ》（十・十八。電報）♥オリガは、まず自分が読んでから、劇団に持って行った。

電報（ネミローヴィチ－ダンチェンコから）

「あなたのもっともすぐれた戯曲。斬新、独創、そして詩的な作品です」（十・十九）

電報（スタニスラフスキーから）「感動、興奮を鎮めることができず。……天才作家に心から祝福を！」（十・二十一）

《……戯曲はみんなが気に入っています。どの役もすばらしい、とみんな言います。……ネミローヴィチ－ダンチェンコは読みながら興奮していました。彼は本読みの前に、自分には読めない、ただ戯曲を取り次ぐだけだ、と言いました。かわいいひと、これは驚異的な戯曲です。……あなたはなんという大作家なの、アントーン！　こんな作家はいませんわ。あなたは—美そのものよ。》（十・二十一）

しかし●チェーホフの病状は悪化する一方だった。激しい下痢と咳の発作。腸カタルは、じつは腸結核だった。モスクワに行きたいチェーホフと、行かせまいとするアリトシューレル博士との間で白熱の議論が戦わされる。アリトシューレル博士は、チェーホフに一日八個の卵を食べるように命じた。

十一月十八日（火）　母、ヤルタを発つ。

〈母もヤルタがいやになったのだ。……彼女は郵便列車で行く。急行はきらいなのだ。〉（十一・十二、十六）

チェーホフの母は、この年の十二月と翌年一月の大部分を、ペテルブルグのミハイル（チェーホフの末弟）のところで過ごして、一月二十五日にヤルタへ帰った。

〈……早く、早く、僕をモスクワへ、君のもとへ呼んでほしい……（ここには）劇場もなく、文学もないので、僕はもう生きてはいられない。……君から、モスクワへ行くために荷造りをするようにと指示がくるのを待つのみ。モスクワへ！　モスクワへ！　こう叫んでいるのは、三人姉妹ではなく、ひとりの夫だ。〉（十一・二十一）

〈……どうかモスクワへ行かせておくれ。……ヤルタで暮らして、ヤルタの水とすてきな空気のおかげで、のべつWにかけこんでいるなんてあんまりではないか。〉（十一・二十七）

《冷込みがきた。アリトシューレルと相談して発ちなさい。》（十一・二十九。電報）

十二月二日　●チェーホフ、ヤルタを発ち、四日、モスクワ着。主治医のアリトシューレル博士は「自殺行為だ！」と怒鳴った。

●★♥

—昼は『桜の園』の稽古立ち会い。

一夜は観劇。

一九〇四年　●チェーホフ四十四歳　最後の年

♥オリガは浮かれて遊び歩いていた。

〈……オリガは朝の四時頃帰ってきた。どうかすると夜明けになることもあった。彼女はぶどう酒と香水の匂いを漂わせていた。

「どうしてまだ起きてるの。からだによくないわよ。まあ、あなたはまたいらっしゃったの、ブーキション？　あなたがいらっしゃれば、もちろん彼は退屈しませんわね」

僕はそそくさと立ち上がって退却した。〉（ブーニン『チェーホフのこと』）

〈私の妻は私の面倒を見てくれないのですよ。私は破れた靴下をはいているんですよ。いいですか、右足の指が出てしまうよ、と彼女に言うでしょう。すると、左足におはきなさいな、って言うんです。そんなことができますか。〉（スタニスラフスキーに）

〈舞台稽古にはたいてい立ち会った。……暗く底冷えのするがらんとした客席に、ひとりぽつんと坐った彼は、毛皮の外套のボタンを顎まで止めて、咳き込んだり、柄付き眼鏡を神経質にかけたり外したりしながら、自分の戯曲が、自分の望んだものとは異なっていくのを見て、胸を痛めていた。……やがておずおずと（演出の）スタニスラフスキーに自分の考えを説明しようとしたが……〉（ブーニン同前）

〈花が開こうとしているときに、作者がやってきて、なにもかもメチャクチャにしてしまった。〉（一・五。スタニスラフスキー発、リリナ宛）

スタニスラフスキーは社会劇だと思い込み、チェーホフは「笑劇に近い喜劇」と信じていた。

〈僕は成功を期待していません。どうもぱっとしません。〉（一・十三。チェーホフ発、ヤルタの女学校校長ハルケーエヴナ女史宛）

一月十七日　『桜の園』初日。チェーホフの四十四歳の誕生日。「文筆生活二十五周年記念日」（芸術座の謳い文句）

●チェーホフは自宅アパートにいる。二幕の終わりごろ、ネミローヴィチ－ダンチェンコとスタニスラフスキーが手紙を書いて劇場へ呼び寄せた。

三幕と四幕の間に記念式典。

演説！　祝電披露！　また演説！

チェーホフは死にそうになって立っていた。

そしてくたびれ果てたチェーホフは、第四幕の間、カチャーロフの楽屋で寝ていた。

〈記念祭は晴れ晴れしいものとなったが、しかしそれは重苦しい印象をのこした。それからは葬式の匂いがした。気持が沈んでいた。〉（スタニスラフスキー『芸術におけるわが生涯』）井上註。きみがそれを言ってはおしまいですよ、スタニスラフスキーくん。

〈……舞台の上で晴れがましくライトを浴びて立つオリガと、客席の暗がりでじっと見ているマリア……この二人の女性がチェーホフの人生を支えてきたのだ。〉（トロワイヤ）これは真実か。

〈……ひっきりなしに来客を迎えたり見送ったりしなければならず、のべつ幕なしに僕はしゃべっています。そんなわけなので、ヤルタの家に戻ることを夢見ているのです。〉
（一・二十。ヤルタのスレージン医師宛）

二月八日　日本、旅順港奇襲。
二月十日　日本とロシア、相互に宣戦布告

二月十四日　●チェーホフと♥オリガ、郊外ツアリーツィノで売出し中の冬の別荘を見に行く。値段一万ルーブリ。

二月十五日　●チェーホフ、モスクワを発ち、十七日にヤルタに帰る。母はすでに帰ってきている。★マーシャはモスクワにいる。

〈……早く日本人をやっつけてしまわなければ！〉（二・二十）

〈わが軍は日本人をやっつけるだろう。サーシャ伯父さんは陸軍大佐になって、カルル伯父さんは新しい勲章をさげてもどってくるだろう。〉（三・三。いずれもオリガの伯父さん）

〈……六月のおわりか七月に元気だったら戦地へ出かけよう。きみのところにお別れに行くよ。軍医として行く。〉（三・十二）

《カルル伯父さんはハルビンに、サーシャ伯父さんはラオヤン（遼陽）で、もう砲火も間近かです。》（三・十四）

《……戦地に行きたいですって？　わたしをどう始末なさるつもり？　（戦争なんかより）ふたりでお魚をたべたほうがいいわ。……あす、マーシャが発ちます。》（三・十六）

●チェーホフは本気だった。作家のアムフィチェアートロフと、作家でセヴァストーポリ海軍法廷書記官のラザレフスキー宛に、「軍医として極東に行きます」と書いている。

〈……きみたちときたら、十二分間しかつづ

かない芝居を四十分もかけてやっている。……スタニスラフスキーは僕の芝居を台なしにしてしまった！〉（三・二十九）

〈あれが僕の『桜の園』ですか。あれが僕の書いた人物ですか。……僕は人生を書いているのです。うんざりするような、めそめそした生活ではありません。連中は僕のことを、お涙頂戴の作家にしたり、退屈な作家にしたりしている。……僕は泣き虫にされてしまったのです。〉（スヴォーリン劇場支配人カールポフ『回想録』）

三月十九日　★マーシャ、ヤルタ着。

●チェーホフの病状。

腸カタル状態が悪化。激しい咳と下痢。耐え難い腹痛。モルヒネ注射（オリガ宛書簡）

「すでに始まっていた戦争が彼の心を非常にたかぶらせていた。彼はこの頃あまり仕事をせず……でも、計画はたくさんあって、そのことが彼を苦しめていた。」（アリトシューレル『チェーホフの断片的思い出』）

〈……しかし日本人形は醜悪で、ひどく無趣味だ。〉（三・十八）

《……エニセイからカルル伯父さんの便りがありました。手紙は十五昼夜かかってとどきました。サーシャ伯父さんからはなんの音沙汰もありません。》（三・二十）

三月二十六日　オリガたち芸術座一行、ペテルブルグ着。『桜の園』旅公演。

三月三十一日　この日のロシアのあらゆる新聞、日本の布設機雷で爆破されたロシア太平洋艦隊の旗艦「ペトロパヴロフスク号」の沈没を伝える。戦死者のうちにマカロフ提督、画家のヴェレシチャーギンがいた。

〈……マーシャは咳が出て、きみに手紙を二通出したのに返事をくれない、としきりに心配している。……きょうは日曜日、ぼくは散薬—ヘロインを飲んだ。それで気分がいい。〉（四・四）

《……ツァリーツィノのことをあなたは黙っていらっしゃるわね。どうやら、マーシャがあなたを思いとどまらせたのね。マーシャと決めなさいよ。……あなたは混乱しているのよ。だれの言うことを聞いたらいいかわからないのよ。わたしは手を引いているほうがよさそうね。あなたはひとりではないわ、でもそれがわたしじゃないってことを、わたしはいつも忘れているの。》（四・五）また、やってる！　しかもこの嫌味ったらしい口調！

〈……ぼくはまた下痢だ。きょうは阿片と硫化蒼鉛をのんだ。〉（四・八）

四月十一日　★マリヤ、モスクワへ発つ。

四月十三日　ヤルタの、楽屋もない貧弱な劇場で、ダリヤーロワ劇団が『桜の園』を上演。「芸術座のミザンセーヌによる」というのが売りコトバ。しかも偽ダリヤーロワ。チェーホフは行かなかった。

《モスクワの家を又貸しして、一年間ツァリーツィノに家を借りるのです。そうしたらずっと安くつきます。……》（四・十七）こんなことを言っているときではないのだが……。

〈人生とはなにかときみは聞いているのだね？　そいつは、にんじんとはなにか、と聞くのと同じさ。にんじんはにんじん、それ以上のことはなにもわかっていない。〉（四・二十）

《ヤルタへはわたし全然行きたくないの。率直に申し上げて、とても重苦しい雰囲気なんですもの。》（四・二十一）

●チェーホフの妻への最後の手紙……電報だけど。

〈切符とれた。月曜日（五月三日）に着く。虫歯を詰めている。体調はいい。胃袋は微酔だが、接吻します。ワーニャ伯父さんたちによろしく。アントニオ〉（四・二十六）

五月一日　●チェーホフ、ヤルタを発ち、三日にモスクワ着。♥オリガの見つけた新居、レオチェフスキー小路のカトウィク館。エレベーター付き。

《……シャリヤピンも住んでいます。リフトも素敵で、昼間も夜も動いています。電話は階段の下にあります。……（引っ越しは三月十日）》（オリガから三・一付け）

♥オリガもペテルブルグから帰る。

●★♥

〈……ベッドに寝ています。毎日、医者が来ています。〉（五・十。「ロシア思想」誌編集者コーリツェフ宛）

〈……腸カタルと肋膜炎、それに高熱です。……〉（五・十三。「ロシア報知」発行者ソボーレフスキー宛）

五月十四日　★マリヤ、ヤルタに発つ。「女学校が夏休みに入ったころ、兄が言いました。『どうしてヤルタへ行かないの。母さんがヤルタで一人きりだよ』」（マリヤ『兄チェーホフの思い出』）

〈医者の指示にしたがって肺気腫の治療のた

めに六月には外国へ出かけます。〉（五・十六。「万民のための雑誌」編集者ミロリューボフ宛）オリガの一家のホームドクターであるタウベ医師は、ベルリン大学の、当時、結核についての世界的権威カルル・エワルド教授に紹介状を書く。

〈ぼくは相変わらず床についたままだ。一度もきちんと服を着ていないし、外出もしていない。きみが発ったときと同じ状態のままだ。一昨日、まったく理由もなく、突然、肋膜炎が再発した。〉（五・二十二。ヤルタのマリヤ宛）

六月二日　見舞いにきた作家のテーレショフに、〈「あす発ちます、さようなら、死にに行くんですよ」〉（テーレショフ『回想録』）

六月五日　●チェーホフと♥オリガ、ベルリン着。「ホテル・サボイ」に投宿。

「エワルド教授は丁寧にチェーホフを診察し、自分の力がもう及ばないというしるしに両手を広げて、一言も発することなく、診察室から出て行った。……むろんこれは残酷な行為だとはいえ、これほどの重病人に旅行を許可したタウベ医師はいったいなにを考えているのか、という意味が含まれていると思われる。」（アリトシューレル『チェーホフの断片的思い出』）

六月十九日　バーデンワイラーの、医師シュヴェーレルに診てもらいながらフレデリケ館に投宿していたが、この日、夏ホテルに移る。

〈……どうやら私の消化器は絶望的に役立たずになっているらしい。なんとか治す方法があるとすれば、なにも食べないでいるほかはないが、それではおしまいだ。それに息苦しさを治すただひとつの薬は動かないでいることだ……〉（六・二十八。マリヤ宛の最後の手紙）

六月二十九日　心臓衰弱が襲ってくる。

六月三十日　二度目の心臓発作。

そのころ（正確には二十九日）★マリヤは、カフカス旅行に出かけていた。（船賃五割引きの格安旅行。日露戦争で旅行者が激減していた）

七月二日深夜一時。●チェーホフ、呼吸困難に陥る。二時、オリガに呼ばれて駆けつけたシュヴェーレル医師はカンフル注射を打ち、酸素マスクをかけた。するとチェーホフはドイツ語で大きく「イッヒ・シュテルべ（わたしは死にます）」と言った。医師はシャンパンを運ばせた。チェーホフはグラスを取ってからオリガを向くと、「シャンパンを飲むのは久しぶりだな」と言い、ゆっくり飲み干すと、左の方に横向きになって寝た。そのままチェーホフは息を引き取った。午前三時、腸結核で永眠。（オリガ・クニッペル『夫　チェーホフ』）

★マリヤ、バツームの先のボルジョムで虫の知らせ、郵便局に寄って、ヤルタやモスクワから何か知らせがないか確かめると、電報が届いていた。「アントーシャ死す」（オリガ発）（兄チェーホフの思い出）

★マリヤ、ヤルタへ戻って、七月七日、母を連れてモスクワへ。モスクワ着七月九日朝。
「クールスキー駅にわたしたちを出迎えてくれた「万人のための雑誌」の編集者ミロリューボフが、アントンの遺体をおさめた棺は少し前にニコラーエフスキー駅に到着して、いま葬列はもうモスクワの中心に近づき、ノヴォジェーヴィチー修道院の墓地に向かっていると、話してくれました。わたしたちは馬車で……」（マリヤ『兄　チェーホフの思い出』）

七月十日　墓地でミサ。

★マリヤ♥オリガ、そして母、兄弟のアレクサンドル、イワン、ミハイルたち、ヤルタへ帰る。家族会議……そして遺言状の封が切られる。……とマリヤは書いているが、これは本当か。

Ich sterbe.

★マリヤの手紙集め。

★マリヤは一九五七年まで生きた。享年九十四。
♥オリガは一九五九年まで生きた。享年八十九、あるいは九十一（オリガは年を二つ、誤魔化していた節がある）

観劇記

あくまでも笑える「喜劇」として

――『ロマンス』の斬新な趣向

扇田昭彦

小説家に比べ、劇作家の最盛期はあまり長くないようだ。特に高齢になってから代表作を世に送り出す劇作家は珍しい。日本の現代劇の世界でも、代表作を書いたのは青春時代から、せいぜい中年期までという書き手が多い。

その点、井上ひさしの衰えを知らない劇作活動は注目に値する。井上は今年（二〇〇七年）の十一月で七十三歳になるが、この夏、こまつ座とシス・カンパニーの共同制作で上演された井上の新作『ロマンス』（栗山民也演出、宇野誠一郎音楽、石井強司美術）は、チェーホフの生涯を、いかにもこの作家らしい喜劇的視点から描いた見事な音楽劇だった。個性と実力のある俳優六人の演技と歌にも精彩があった。

井上の遅筆ぶりは有名だ。今回も戯曲が書き上がったのは初日の直前で、演出家サイドからは初日延期の案も出たという。こうした執筆遅れに対しては、当然、作者の「甘え」を批判する意見が毎回出るが、『ロマンス』のような秀作を目にしてしまうと、非難の声も小さくなってしまう。

『ロマンス』には、これまでの井上作品になかった新しい趣向がいくつかある。例えば、井上には『表裏源内蛙合戦』『小林一茶』『頭痛肩こり樋口一葉』といった評伝劇が多いが、登場人物が全員、外国人（この作品の場合はロシア人）というのは『ロマンス』が初めてだ。

さらに、主人公のチェーホフを一人の俳優が演じるのではなく、四人の男優（井上芳雄、生瀬勝久、段田安則、木場勝己）がチェーホフの年代に応じて次々に演じ替えていく新しい趣向も面白い。その結果、演劇的多面体としてのチェーホフ像が魅力的に浮かび上がった。女優オリガ役の大竹しのぶと、チェーホフの妹マリヤ役の松たか子も、場面に応じてそれぞれ別の役を演じる。『ロマンス』は、井上が敬愛する作家チェーホフに捧げたオマージュであり、一種の伝記劇でもあるが、同時に、危険な綱渡りにも似た、実にアクロバティックな作品だ。

「チェーホフ劇の本質は喜劇、それも娯楽性に富むボードビルにある」というのが、チェーホフ劇に対する井上の見方だが、ここには明らかに喜劇作家としての井上自身とチェーホフとの意識的で切実な重ね合わせがある。しかも、感心したのは井上がこの劇自体をボードビルのスタイルで書いてみせたことである。つまり、ボードビル風寸劇の連鎖。これは「抱腹絶倒」の喜劇作家として出発した井上ひさしだからこそ出来たことで、しかもその挑戦はかなり成功している。

劇は南ロシアの港町で始まる。少年時代のチェーホフ（井上芳雄）は、未成年者の入場が禁止されていたボードビル、つまり「バカバカしいだけの唄入りのドタバタ芝居」に熱中する。そして、「一生に一本でいい、うんとおもしろいボードビルが書きたい」と願う。

モスクワ大学の医学部を卒業したチェーホフは、滑稽小説の書き手として人気を集めるが、やがて「ブンガクブンガクした小説」で評価を高め、「現代ロシア最高の短篇小説家」と呼ばれるようになる。

だが、諦めかけていたボードビルへの夢を、「舞台で叶える」ように薦めたのは女優オリガ・クニッペル（大竹しのぶ）だった。こうしてチェーホフは「辛味のきいたボードビル」としての傑作『三人姉妹』を書き上げ、オリガと結婚する。

劇中でチェーホフはこう言う。

「ひとはもともと、あらかじめその内側に、苦しみをそなえて生まれ落ちる」。だが、「笑いはちがいます。笑いというものは、ひとの内側に備わってはいない。だから外から……つまりひとが自分の手で自分の外側でつくり出して、たがいに分け合い、持ち合うしかありません。もともとないものをつくるんですから、たいへんです」。

このセリフには、チェーホフの、そして井上ひさしの、「ひとの内側に備わってはいない」笑いを生み出すための「たいへん」な苦闘の体験がたっぷりと込められている。だから劇中で弾ける笑いは幸福感を伴って、深く私たち観客の胸にしみこんでくる。

劇の後半、晩年のチェーホフ（木場勝己）が自作の『三人姉妹』を「上等なボードビル」と呼び、これに対して演出家スタニスラフスキー（井上芳雄）がこの「戯曲の本質そのものは美しい抒情詩」と主張して、激しく対立する場面がある。

激高する二人の間に割って入るのが老作家トルストイ（生瀬勝久）で、「苦しみを和らげるための十二ヵ条」と称して、「指にトゲが刺さったら、『よかった、これが目じゃなくて』とおもうこと」などという珍妙な処世訓を大真面目に延々と語って、客席の爆笑を誘う。シリアスな雰囲気を一気にボードビルに変換してしまう愉快な場面である。

この場面を見ながら思い出したのは、劇団民藝の演出家・俳優だった故・宇野重吉（一九八八年死去）の著書『チェーホフの「桜の園」について』（麦秋社、一九七八年）である。これはチェーホフ最後の戯曲『桜の園』（一九〇四年）を、リアリズム演劇の立場から、ソ連での現地調査も含めて綿密に解釈した著書で、新劇人の「勉強好き」が存分に発揮された本だった。

チェーホフは『桜の園』について、「喜劇四幕」と明記している。だが、約三十年前、宇野の本を読んで私が違和感を覚えたのは、宇野が「喜劇」というチェーホフの規定にかなり抵抗していることだった。宇野はまず、ゴーリキーがこの劇を「悲喜劇」と呼んだ例を挙げる。そしてチェーホフは「喜劇」と書き添えることで、「『何故これが喜劇（コメディ）なのか』と、演出者や俳優に疑問をもたせ逆らわせることで戯曲の読み取りを深めさせようとしたのではなかったか」と書く。

これはチェーホフの規定をあえて曲解してみせる不思議な文章だ。『桜の園』＝「喜劇」というチェーホフ自身の規定に反し、この戯曲の本質は実は「悲劇」、あるいは「悲喜劇」なのだ、と宇野は示唆しているのだから。

つまり、宇野の立場は、『ロマンス』の中で、『三人姉妹』を「ボードビル」と呼ぶ作者チェーホフに抵抗するスタニスラフスキーの「悲劇」志向の姿勢と基本的に一致している。『桜の園』では名家の没落、男女のすれ違いなど、さまざまな出来事が起きるが、それらをあえて冷徹に相対化し、すべては私たちと同じ等身大の「おろか者」たちが引き起こす、おかしな「喜劇」として見るべきだとしたチェーホフの意図（二十世紀の演劇はここから始まった）を、宇野は結局、感受性として理解できなかったのだろう。

劇中では、チャイコフスキー作曲のロマンス集など、多彩な劇中歌が俳優たちにより、ピアノの伴奏（演奏・後藤浩明）で次々に歌われ、舞台を楽しく盛り上げた。最近の井上の音楽劇と同じように、原曲の旋律だけを使い、井上ひさしが新しく歌詞を付けた曲である。しかも、チェーホフとほぼ同時代のチャイコフスキーの曲だけでなく、ガーシュイン作曲のミュージカル『オー、ケイ！』の劇中歌や、リチャード・ロジャース作曲のミュージカル『オン・ユア・トウズ』『シラキュースから来た男たち』の劇中歌を転用するなど、音楽面でも意表をつく趣向がいっぱいだ。チェーホフとガーシュイン、ロジャースの組み合わせなど、井上ひさし以外、だれが考えつくだろうか。ここにもブロードウェイ・ミュージカルに対する井上の並々ならぬ造詣の深さがうかがえる。

芸達者がそろった六人の演技陣はいずれも好演した。中でも女優オリガを魅力的に演じ、さらにチェーホフをペテンにかけるしたたかな老女役をまさにボードビル風に演じた大竹しのぶのうまさに私は惚れ惚れした。持ち前の張りのあるいい声を生かし、大作家トルストイを馬鹿馬鹿しいほどコミカルに演じた生瀬勝久も出色だった。軽妙な鋭さと温かみを合わせ持つ段田安則の演技、渋い味わいと深い人間味を漂わせるベテラン・木場勝己の演技も忘れがたい。兄思いの妹をひたむきに演じた松たか子は歌もよかった。主にミュージカル畑で活躍する気鋭の井上芳雄は初めての井上劇出演だったが、優れた歌唱力を示し、舞台にさわやかな風を吹き込んでいた。

（『遊歩人』二〇〇七年十月号に加筆）

【参考・引用資料】
神西清・池田健太郎・原卓也訳『チェーホフ全集』
（全16巻・別巻2巻）中央公論社
牧原純・中本信幸編・訳『チェーホフ　クニッペル往復書簡』（全3巻）麦秋社
マリヤ・チェーホワ著、牧原純訳『兄・チェーホフの想い出』未来社
オリガ・クニッペル・チェーホワ「晩年の夫」（中村融編・訳
『チェーホフ論攷』三学書房に収録）
スタニスラフスキイ著、岩上順一訳『芸術座のチェーホフ』未来社
湯浅芳子訳『チェーホフ＝ゴーリキイ往復書簡』和光社
内山賢次訳『チエホフ書簡集』春秋社
ペーター・ウルバン編、谷川道子訳『チェーホフの風景』文芸春秋
ベー・エーシン著、阿部幸男・阿部玄治訳『ロシア新聞史』未来社

【初演記録】

こまつ座＆シス・カンパニー公演として、
2007年８月３日から９月30日まで、
世田谷パブリックシアターで上演。

作⊙井上ひさし

演出⊙栗山民也

音楽⊙宇野誠一郎

美術⊙石井強司

照明⊙服部基

音響⊙秦大介

衣裳⊙前田文子

振付⊙井手茂太

ヘアメイク⊙鎌田直樹

歌唱指導⊙伊藤和美

舞台監督⊙三上司

プロデューサー⊙北村明子（シス・カンパニー）＋
井上都（こまつ座）

【配役】

大竹しのぶ（オリガ・クニッペル　ほか）

松たか子（マリヤ・チェーホワ　ほか）

段田安則（壮年チェーホフ　ほか）

生瀬勝久（青年チェーホフ　ほか）

井上芳雄（少年チェーホフ　ほか）

木場勝己（晩年チェーホフ　ほか）

後藤浩明（ピアノ演奏）

【『ロマンス』劇中歌リスト】

場	曲名	原曲	作曲
1場	「チェーホフの噂」	Do Do Do	ガーシュイン
3場	「ロマンス」	None But the Lonely Heart	チャイコフスキー
6場	「サハリン」	There's a Small Hotel	リチャード・ロジャース
8場	「なぜか……」	Why?	チャイコフスキー
9場	「タバコのワルツ」	四季の鳥 「ひょっこりひょうたん島」より	宇野誠一郎
10場	「どうしたのかしら」	Sing for your Supper	リチャード・ロジャース
15場	「ボードビルな哀悼歌」	Believe It Not, My Friend...	チャイコフスキー

著者　井上(いのうえ)ひさし

ロマンス

2008年4月10日　第1刷発行

発行者　加藤潤

発行所　株式会社　集英社　〒101-8050　東京都千代田区一ツ橋2-5-10
電話　編集部(03)3230-6100　販売部(03)3230-6393　読者係(03)3230-6080

印刷所　大日本印刷株式会社
製本所　ナショナル製本協同組合

Printed in Japan
ISBN978-4-08-771221-6 C0093

← ロシア文学の父 ゴーゴリ

18

60 万延元年 1/17 **タガンローグで生まれる** Taganrog

ドネツ・ドン・ヴォルガの三つの河の主要な物産集散地として栄えた商業都市。鉄道がロストフ・ナ・ダヌーホに敷かれ没落。

19世紀後半、南ロシアが積み出す穀物の40%を扱う。

洗礼はウスペンスキー大聖堂 通ったのは聖ミトロファン教会。聖歌隊の指揮者は父親だった。

「幼年時代は苦労でしかなかった」1892 レオンチェフ＝シチェグロフ宛

《才能は父から、心は母から譲り受けた。》

61 文久元年 ① 農奴解放令発せらる。

62 二 ②

宗教的な教育を受けた。

教会での聖歌隊に伴従●行伝

63 三 ③ 父ドイツ語の専制主義と恐怖が母さんの善意をつぶしにしてしまった。三兄思い出

詩篇の朗読

定期的に早朝ミサに通い、祭壇の手伝い（侍者）、鐘を鳴らすのが仕事

64 元治元年 ④ 《ふだ…》1889 1/2 兄アレクサンドル宛

スープが辛すぎるといって癇癪をおこしたり

65 慶応元年 ⑤ 《父母の馬鹿な手をたたいたとき、どんなに恐怖と嫌悪を感じたか……》

66 二 ⑥ ギリシャ人小学校

67 三 ⑦

68 明治元年 ⑧ 8月末 タガンローグ市立男子高等中学校入学。（8年制）（ギリシャ語、ラテン語必修）

新時代の新語…

69 二 ⑨

70 三 ⑩

71 四 ⑪

72 五 ⑫

73 六 ⑬ 「恋の神秘を知ったのは十三才のとき」

74 七 ⑭ 自分の人民の中へ運動 … 挫折。

「人民の意志」派 テロによる要人暗殺

大地総割替え派と農民解放と言論改革

75 八 ⑮ 長兄アレクサンドル、次兄ニコライ、大学進学のためにモスクワに行く。

債権者たちから逃げ出す

76 九 ⑯ 父、破産。一家、モスクワに移住。チェーホフだけがタガンローグに残る。

父は、息子送ってやったと…

新しい所有者の家の家庭教師として…

77 一〇 ⑰ 夏休みにチェーホフはモスクワの家族を訪ねた。

「…」従兄宛

78 一一 ⑱

79 一二 ⑲ 6/15 タガンローグで高校卒業試験に合格。モスクワ大学に入学手続きを行う。モスクワに移る。

80 一三 ⑳

《医学は配偶者のホリゾントをひろげてくれた。知識を豊かにしてくれた。……すべては自分自身の特性から創り出す作家のためになることも多々ある。》1899.10.11 G・I・ロッソリーモ宛

81 一四 ㉑

82 一五 ㉒

《医学の方は正式な本妻です、… また一方は情人です。》82

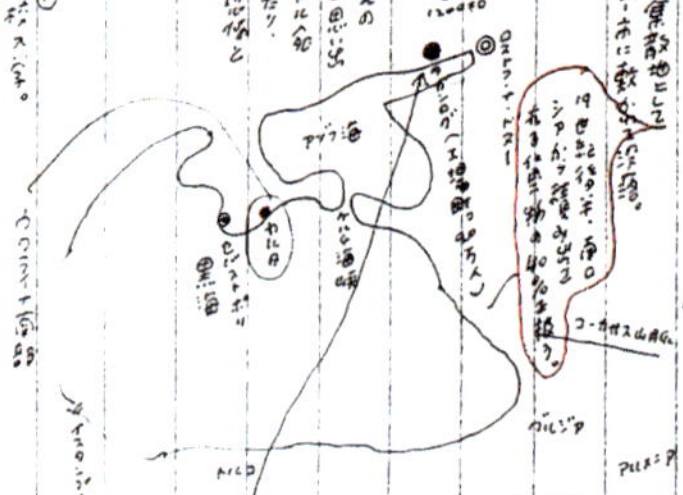

チェーホフにとって新しい演劇の三つの原則
① 古代ギリシャ劇
② シェイクスピア
③ チェーホフの時代